U0637056

中国年度优秀诗歌2023卷

杨志学 主编

董进奎 执行主编

新华出版社

图书在版编目（CIP）数据

中国年度优秀诗歌．2023卷 / 杨志学主编．
-- 北京：新华出版社，2024.4
ISBN 978-7-5166-7373-7

Ⅰ．①中… Ⅱ．①杨… Ⅲ．①诗集 - 中国 - 当代
IW. ① I227

中国版本图书馆 CIP 数据核字（2024）第 075599 号

中国年度优秀诗歌．2023卷

主编：杨志学　　**执行主编：**董进奎

出版发行：新华出版社有限责任公司

（北京市石景山区京原路8号　邮编：100040）

印刷：三河市君旺印务有限公司

成品尺寸：150mm × 230mm 1/16　　**印张：**19　　**字数：**230千字

版次：2024年4月第1版　　**印次：**2024年4月第1次印刷

书号：ISBN 978-7-5166-7373-7　　**定价：**56.00元

微店

视频号小店

抖店

京东旗舰店

微信公众号

喜马拉雅

小红书

淘宝旗舰店

扫码添加专属客服

本书编委会

顾问（按姓氏笔画）

叶延滨　吕　进　吴思敬　赵丽宏　曹　旭

编委（按姓氏笔画）

马淑琴　马进思　子非花　王杰平　齐冬平

孙　萌　孙　静　李　成　杨志学　杨炳麟

张庆和　张智中　阿　毛　林勇鸿　牧　野

宗焕平　宗德宏　唐　诗　董进奎　谭五昌

主　　编　杨志学

执行主编　董进奎

“新华号”年度诗歌专列驶向远方

杨志学

写下这样一个题目，我激动的心情久久未能平静。我觉得这已经不是一个比喻句，而是实实在在发生的一次远足。我为本次专列所运载的丰富多样的精神产品而欣喜，并祝福满车诗歌作品驶向远方，抵达读者的心灵。

说起来，“新华号”年度诗歌专列已经运行十三年了，今天发出的是第十三趟诗歌专列。也许您已经注意到了，本次专列编为六个车组运行。每个车组各有侧重，既相对独立又相互联系，合起来是一个首尾呼应的有机整体，是一个开放性的空间结构，是一次有规划、有意味的诗歌旅行。

感谢新华出版社的信任，让我再次担起了相当于列车长的角色。我知道这是一种责任。在此，我首先向每一位搭乘本次专列的诗人嘉宾表示欢迎和感谢！你们各具风情与魅力、体现你们个性与创造性的诗作是你们此番远足的通行证。现在，我向读者介绍本次专列各个车组的构成情况。

第一车组是“新春寄语”。乘坐于这个车厢里的诗人，大都以春天及春天般美好的事物为主题，以清新隽永之语或热烈奔放的音符，写下关于生活的哲思和对于未来的畅想与展望。作为第一车组，让人感觉到扑面而来的春风。2023 年之前的三年，人类经历了一场劫难。噩梦之后，春天重归人间。这是自然的春天，也是人心理的春天。开篇第一首，黄亚洲的《总是感觉春天就要来了》，虽是诗人敏感的直觉，却也写出了积压于人们心头的一种普遍的期盼。诗人撷取自然界和人类生活中的几个细节，如“黄鹂和蚱蜢不断掉出”“婴儿牙龈上，已经开放出点点梅花”等，非常诗意，让人感觉到诗人年轻的心态以及他迎接春天到来的压抑不住的惊喜。而接下来的诗篇，如叶延滨《不如写诗》中“春色正好，正好梦醒”的命题判断，李少君《立春：迎接春天回家》中从“婺源的油菜花抢先盛开”到“北京四合院，屋内温暖如春”的详实叙述，韩万胜《雪花对春天情有独钟》中关于雪花与春天之关系的深情演绎，陈群洲《请允许我……》中把海棠“搬进自己的春天”并且“给她最好最好的春天”的浪漫举动，等等，诗人们各以自己的体验与想象呈现出生机盎然的春天画卷。而与春天紧密联系在一起的，便是幸福、欢乐、祥和以及对于它们的守护。如张烨的《寒夜》，对幸福做出了与众不同的表述：“我全部的力量是一行诗 / 缆车悬在诗行的索道前行……/ 你的心情是缆车……/ 你需要我，我感到幸福。”这里将幸福置于缆车和索道，便写出了它的惊心动魄和刻骨铭心。又如唐诗的《躺下》，在铺排了“一连串躺下”后提炼出了“阳光躺下，便是一地温暖的幸福”的感受，值得注意的是作者的思想并未到此止步，而是笔锋一转，转出了“不能让高山躺下，不能让丰碑躺下，不能让光荣躺下”的句子，大大拓展与深化了诗的主题。而张庆和的《夜，哨兵》又以清新凝练之语，将“哨兵”嵌于黑夜和黎明之间，揭示了三者之间的关系，也揭示了幸福生活之不易。还有其他一些篇章，如大解的《明天》，徐丽萍的《新年的第一班列车》，左右之间的《未来之树》等，均以其独特结构和语言形式，表达了对美好明天的期待，这些也都是“新春寄语”的题中应有之义。

第二车组是“诗在远方”。这个车厢里搭载的诗人作品，其题材和主题大都指向远方，有的侧重于空间上的远，有的侧重于时间上的久，也有侧重于灵魂穿越和精神漫游的，或者几种情况兼而有之的。赵丽宏的《在聂鲁达故居吟诗》确实写出了地理方位的远，它记录了作者远赴南美智利，现场感受到了“聂鲁达故居第一次为中国诗人举办朗诵会”的情谊，传达出了不同诗歌语言之间碰撞与交流的场景：“厅堂里中文余韵未落 / 西班牙语便风风火火赶来 / 如呼啸的海风穿越大洋 / 瞬间便在厅堂回旋，和我的汉语会合。”而吉狄马加的《童年的衣裳》虽然侧重于时间上的久，但同时也将遥远的空间画面展现于眼前：“童年在很远的地方 / 向我招手 / 哦，妈妈，你今天在哪里？ / 好像这一切就在昨天 / 火塘照亮了你的脸庞。”在此也不能不提及阎志的长诗《时间》，这是关于时间的深度思辨，而空间自然也包含其中。在浩瀚的时空中，有少年的奔跑，有父亲的影子。这个包含了 11 章、由 101 节组成、长达 1500 行的诗，被基本上不发表诗歌的《收获》杂志一次性全文刊载，可谓破例之举，这与此诗思想的深邃、结构的谨严和语言的精辟凝练都是不无关系的。其他诸如曾凡华《驼队》、王家新《在华沙肖邦机场》、王杰平《奇迹》、第广龙《如果我脚踩火星》、彭惊宇《在德令哈怀念海子》、北乔《济水心经》、董进奎《神都的油纸伞》、胡丘陵《睡了几百年的房子醒了》、段光安《嘉峪关残垣》、雁飞《秋风要运走什么》、王芬霞《奔跑的你》、牧野《天空的空》、曹丽《绿皮火车》、张广超《远方的哨所》等等，这些作品也大都从题目就可以感受到它们空间或时间的远，而作品实际所表达的题旨也确实在整体或局部上与远方有关。

走进第三车组，我们看到感人的一幕：这个车组里的人，又三五人自成一小组，展开热烈讨论。尽管各人所述内容不同、角度不同，发言时的声调、神情也都不同，但他们谈论的主题均可归入人生百态或人生况味名下。田禾的普通话里夹带着湖北口音，他以《自画像》讲述自己最初的梦想是当个英雄，而实际经历却是“年轻时在村里耕田”，“干着体力不支的农活”，当后来离开村庄、自以为一帆风顺时，其前程又被“途中的风雪不断修改”，以至于“到老来了，还在写一首无用的诗 / 等一个没有的人”。作者在不无自嘲的叙述中也肯定着自己的价值取向。与田禾概括漫长经历的方式不同，潘洗尘的《六十感怀》则截取当下年龄段来说事，并且只就摘掉近视眼镜这一件事发表感慨。第一节写摘掉近视眼镜本身及其造成的后果——看到的树和路都是模糊的；第二节笔墨转折——即使看不清，“一切都无所谓了 / 只要走路时能躲得开汽车”就行；第三节再次转折：“我现在看到的人和物 / 也许才是他们 / 本来的样子。”而后面这次转折才是作者的真正用意所在。其他诗人看取人生，也是各有招数。如女诗人路也的《彩石溪》借“彩石溪”来宣布自己人生的富有，其富有的标志是“拥有一条溪水的形而上学”。如果说路也的表达偏于感性、任性的话，那么宗焕平《人生大事》则显示了作者处理棘手问题时难得的冷静和可贵的心理素质。另外值得一提的还有刘川的《疫中记》，此诗以精短的篇幅、简洁的句式和口语化的叙述风格，撷取了疫中发生的三件事情，桩桩都是人生大事，其本身就极具说明性和说服力。

来到第四车组，又看到不同的景象。这个车组相对比较安静，诗人们各自沉思默想，或望着窗外出神，故借中国古代诗学术语“神与物游”来形容之。你看，诗人于坚的思绪便跳到了呼伦贝尔大草原，生发了他的星空意识。他的这首《在呼伦贝尔草原看星空》起于康德，也终于康德，首尾呼应，结构上颇具匠心。诗人的所思所想看似漫无边际，由“巴特尔大叔家的蒙古包”，而跳到“宇宙大教堂”，又跳到“七世纪长安之宴席”和“古罗马之通阙”，进而自然联想到了李白、杜甫和但丁，而这些先贤大师类似于天空的星座，由此可见作者的联想实际上是有内在逻辑可循的。臧棣《不可模仿》的描写则具有另外的启示性，作者将“不可模仿”这个有点抽象的命题巧妙地融化到了一个陌生化的场境之中，让人仿佛看到了达里诺尔湖、鹅黄的芦苇、鸿雁或者斑头雁等等，回头再读诗的开头“现场回荡着 / 在别的地方不可能听到的 / 天籁”，便可领会作者的用意。一般人到了南岳衡山，大多关注山水胜景或人间香火，而刘笑伟的《平衡的艺术》则借衡山来品味和领悟平衡的艺术，这样解读衡山确实独辟蹊径，趣味横生。其他如梁鸿鹰的《茶》，陆健的《美发店里的水族箱》，宋琳《玉局峰》，缪克构《梨花图卷》，沈苇《牡蛎墙》，王幅明《石头的宇宙》，等等，也都让我们领略欣赏到了诗人们“神与物游”时产生的佳构。

现在来到第五车组，让我们《记住乡愁》。乡愁是人性，乡愁是民俗，乡愁是情感，乡愁是文化。在中国诗词里，乡愁是一条源远流长的河。有人从孟郊开始读乡愁，有人从宋之问或贺知章进入乡愁，有人从马致远的小令陷入乡愁。也有人更早，从《敕勒歌》或者《西洲曲》入手，甚至从《诗经》打开乡愁之旅。今天的诗人，带着乡愁的基因，操着不同的乡音，不断谱写乡愁的新曲。在我们这个乡愁车组，我们看到了曹旭《说着方言的村庄》，看到了“穿花衬衫村妇的笑靥”以及“风筝般飘荡的方言”；我们看到了曲近的《老屋》，看到了主人公和他的“老屋”经历了一个从“彼此陌生”到“互相认出了彼此”的过程；我们看见了王山诗歌里的“母亲”，其名字从“家里的户口本上”升入高空，“如星辰闪亮”；我们看见了高金光笔下“那些还矗立在田野里的玉米 / 已经卸下果实的它们 / 像刚刚分娩的少妇，含着娇羞”，我们看见了王计兵“以退行的方式回家 / 以火车的速度退向父母 / 仿佛生活的一次退

货 / 一个不被异乡接收的中年人 / 被退回故乡”。我们还看到，冷克明、邵悦、林目清等众多诗人也都被乡愁击中，谱写了感人的乐章。

最后我们来到《朗诵中国》车组。以这个特别的车组来压阵，也是本书编辑策略上的一种考虑。中国的乡愁文化，具有几千年的传统。而走过七十多年历程的新中国，其红色革命传统也有了百年以上的历史。更重要的是今天的中国，“数风流人物还看今朝”。一个美丽而强大的中国，是所有中国人的梦想和期待。在这个车组，著名诗人峭岩、高洪波率先出场。峭岩的《这片土地笼罩着一片红》似乎为这个车组的作品定下了一个基调：在短短的篇章中，既勾勒出了赣江革命老区的履历，又描画了今日赣水美丽的家园。而高洪波的《走过才溪乡》，作为纪念毛泽东诞辰 130 周年而推出的一首诗，抓住了才溪乡这个细小的坐标点位，凸显了当年毛泽东注重调查研究的可贵作风。作为诗人，毛泽东是浪漫的；而作为一名矢志改变中国面貌的革命家，毛泽东又是现实的和注重实践的。《朗诵中国》车组以崔吉俊《太空会师》来压轴（它也是全书压轴），也是不无考虑的。因为崔吉俊不是一般人，而是一位火箭发射专家，是航天领域的将军，曾任中国酒泉卫星发射中心主任，参与了从神舟一号到神舟十号的发射。这样他的作品《太空会师》就不是写别人，而是写自己和自己的战友、队友，溶入了他多年来对航天事业的体验与情感，因此作品显得格外真切、有力。

介绍完“新华号”年度诗歌专列各个车组的大致情况后，就期待读者的关注和批评了。欢迎您对专列上的作品及本书的体例结构提出宝贵意见，以便我们进一步改进编选工作。

2024 年 3 月 8 日于北京沙滩

目录 CONTENTS

第一辑　新春寄语

第二辑　诗在远方

第三辑　人生况味

第四辑　神与物游

第五辑　记住乡愁

第六辑　朗诵中国

第一辑

新春寄语

总是感觉春天就要来了

黄亚洲

总是感觉春天就要来了
这种感觉伴舞着雪花，一天里发生了三次

我走向庭院的腊梅
这些白色的坚贞的花，乳牙一样不肯掉落

总是感觉春天就要来了
春天啪啪作响，一把无限展开的折扇
黄鹂和蚱蜢不断掉出

芽苞和翅膀都啪啪有声，我听见
春天的关节在响
关于这种感觉，你不必跟我争执
不必说现在积雪正漫过脚背
又一次，你额头撞上了屋檐的冰挂

春天就要来了，怀里的婴儿开始哭了
关于这种巨大的幸福，你不必
跟我争执
婴儿牙龈上，已经开放出点点梅花了

这是一定的，春天就要来了
这个恶意的冬天如此漫长
还好，我还活着，且有嗅觉

真要感谢腊梅，暗中，坚持为我吐出
下个季节的芬芳

（选自 2023 年 1 月 23 日“黄亚洲工作室”微信公众号）

不如写诗

叶延滨

春色正好，正好梦醒
双手推开久闭的窗
窗外风吹，让思绪飘飏
飘飞远去了，远去曾是梦想
有远方就是少年情怀
少年是爱写信的时光
写信给天上的鹰
给远航没有归期的水手
水手总会有个等信的姑娘

在不写信的年纪
遇上一个不写信的时代
推窗没有燕归就写诗吧
不说忘记了地址
不怕丢失了密码
心扉就是无锁的柴门
心情就是门旁簇拥的野花
仰天望星子涌动，友朋相聚
侧耳听蟋蟀声泻一地月色……

（选自《作家》2023 年第 6 期）

明 天

大 解

从路口到明天并不远，中间
只隔一个夜晚。大不了亲自走一趟，
摸黑去问莫须有的人。
大不了写信寄往天边，不写地址和收信人，
爱谁谁吧，寄出去，必有一个落脚点。
从路口到明天不足一公里，
其间有一条近道，
我走过，
但是明天一直在后退，
就像一个问题，一直躲避答案。
曾经多次，我以为穿过子夜就是明天了，
而我所到达的是一个新的今天，
明天依然在前面。
如今我不追了，
我隐藏在自己的身体里，等，一直等。
明天真的不远了。
明天，
必有一个邮差气喘吁吁，
冒着热气找到我，
必有一封信被退回，
在远方绕了一圈，又回到我的手上。

（选自《文学天地》2023 年第 1 期）

立春：迎接春天回家

李少君

春风海上来，春风一路浩荡
年前飞抵天涯，安排渡海通道
敲锣打鼓鞭炮齐鸣正拟启程
红艳艳的三角梅占领满山遍野
前方探得消息：春天早已北上

花城，顾名思义鲜花满城
清晨早茶店热气腾腾人声鼎沸
郊外耕牛奋力犁开新的一春

湘江水北去，大雁准备北飞
从衡阳来雁塔上看两岸
春色早已泄露，一览无余
洞庭湖面开冻，鱼儿欢腾跳跃
浪花飞溅之中，齐赴长江奔大海

婺源的油菜花抢先盛开
从溪头开始，零星的几簇花
逐渐繁华似锦，铺满山岭田间
大风车芬芳，空气呼吸亦芬芳
戏台一样民居里活动的似是神仙

春雨落到江南落到江北
西湖，一艘小船从雾里划出来

又往烟雨朦胧的更深处划去
伊从窗台掀起蓝花布帘探头
听雨巷一声吴侬软语：栀子花咯

北京四合院，屋内温暖如春
果盘在桌上，炉火在壁炉里
青花瓷瓶一枝腊梅供奉于几案
墙上一个福字，两边大红春联
众人围坐四周，吃着瓜子闲聊天

迎春仪式就绪，全家等候接驾
云端一声鹤唳，地上行程繁忙
大运河上，燕子引路，春风开道
一乘花团锦簇的轿子抬进院子
春天顺利回家，从此春光辉耀世间

（选自 2023 年 2 月 4 日北京诗局微信公众号）

寒　夜

张　烨

我全部的力量是一行诗
缆车悬在诗行的索道前行
如此沉重使我疲惫不堪
风，大口大口咀嚼着雪，银色的雪线
是青春的亮
山谷如一对虎牙
深渊仰着虎口

你的心情是缆车
是飘满雪花的凉
你需要我，我感到幸福
这条坚韧的索道
铁血的热焰，勇敢、欢乐与希望的和弦

（选自《诗刊》2023 年第 9 期）

心 跳

车延高

只要活着
草地一直绿，古老的毡房就会替我打坐

请记住
才华横溢的雅鲁藏布江不会枯竭
在日月山下，马蹄是佛的心跳

如果我的心睁开眼睛看你
菩提可以邀请铁树，在最高的云层上
开花

（选自《诗刊》2023 年第 15 期）

夜，哨兵

张庆和

黑黑的夜，夜的天空
一颗一颗，冒出银星
哦，银星
正在发芽的黎明

发了芽的黎明
生叶，长茎
花开时
羞得满天霞红

黑黑的夜，夜的哨兵
一班一班，守护银星
哦，哨兵
种植黎明的园丁

（选自 2023 年 9 月 11 日《解放军报》）

新年的第一班列车

徐丽萍

这是新年的第一班列车
在时光隧道里　疾驰而过
像一道光刺穿黑暗　直奔未来
这些像烟花一样绚烂的过往
在我眼前闪现　又隐匿
虚无缥缈　又坚若磐石
时间越来越快　记忆越来越慢
亲人们和我乘坐了不同车次的列车
我们各自的命运　在某个瞬间擦肩而过
人生的高光与低谷
潮水一样涌上来　又退去
那些显现又沉没在时间里的面孔
爱恨情仇　悲喜交集
我眼前闪过　那些星罗棋布的村庄
空旷无垠的荒野　连风都在盘算着
这些在文字里沉睡的废墟和城堡
一些潜在的暗物质
它们左右了此刻的人生轨迹
沉默的人们　寂静地坐在我身旁
这是新年的第一班列车
我们向着光　向着黎明又一次出发

（选自《绿风》2023 年第 3 期）

登顶黄石崖

杨志学

山高人为峰

有人说此话出自张大千友人
也有人说它来自林则徐所作对联

而在我看来
它更像是民间智慧的结晶
比如，普通如我等人士
登上苏木山最高峰黄石崖时
脑子里空空如也
却突然从心里冒出一句话
山高人为峰

（选自《安徽文学》2023 年第 12 期）

雪花对春天情有独钟

韩万胜

桃花的花苞没有人能认出
雪还在下

这是第三场雪
立春已过去九天
寂寞关不住
辽阔的天空是寂寞的牧场

每一朵雪花都有棱角
每一朵雪花都带有雨水
每一朵雪花都会滋润山河

雪花对春天情有独钟
正月二十三，这个良辰吉日
它也跳火堆，它也围粮仓
它也驱瘟神……

雪花催生了桃花的花苞
我认得，它是去年的公主
待嫁的公主

我羡慕雪，更羡慕桃花
它们都在为生命的灿然而奔赴

（选自《诗刊》2023 年第 21 期）

请允许我……

陈群洲

在游遍这个春天的花园之后
我喜欢上了，这些开得一塌糊涂的海棠

请允许我，把她从向阳的山坡
小心翼翼搬进自己的春天
请允许我，把远远地陪伴她的蓝天白云
细雨和风，正在低处泛绿的小草，也一同搬来
即使是活在我春天的一首小诗里
也要让她不至于寂寞，孤单

必须放弃不会醒来的枯枝
那些多余的败笔，会不会影响她的心情
必须限制蜜蜂们过度采掘
不能逼她交出，身体里
所有的甜蜜

这是我喜欢的海棠。必须让她
活色生香，必须给她
最好最好的春天

（选自《民族文汇》2023 年第 4 期）

躺下

唐诗

我想写一连串躺下的句子
比如：天空躺下，在一个
平静的湖里。比如：鸟声
躺下，花香波澜不惊
比如：狮子躺下
野牛、羚羊、鹿子、斑马
都会得到片刻的宁静
比如：刀枪躺下，白色的鸽群
会在蓝天平和地盘旋
比如：阳光躺下，便是一地温暖的幸福

当然，绝对不能让高山躺下
不能让丰碑躺下，不能让光荣躺下
它们只能高高地
矗立

（选自《天津诗人》2023 年第 3 期）

拯救之光

曹有云

说着说着
天突然就黑了
活着活着
人突然就老了

但是，看哪
词语挺立在每一个幽暗的角落
承受着漫漫冬夜无边无尽的酷寒和重量
承载着冰封的草根们关于春天的热烈梦想
依旧释放出强劲的拯救之光

（选自《浙江诗人》2023 年第 3 期）

北方的诗

牛 敏

冬天了，脱光叶子
树把诗高高举起
天空纯如少女的情怀
芬芳的初恋

孩子们在书写寥廓
雪花玲珑而至
忍住窗畔的娇羞
冰花里，找寻
彼此的期许

风的低吟干净轻浅
轻轻抚平大地上的尴尬
驼影兀立，马匹移动

阳光下
捂好冬雪圣洁的心情
等待野草花归来
争相喊出你的乳名

（选自《敕勒川》2023 年第 1 期）

雪中的一只喜鹊

柴立政

此刻，一只喜鹊
站在新年的枝桠上，叽叽喳喳叫着
喜悦的声音与令人摇曳的雪花
一起，纷纷扬扬落下，打开心扉
面对，雪中的这只喜鹊
我看见它的尾巴随着叫声一翘一翘的
这坚硬的柔软，堪称完美
在一片白色时光里，我陷入到
响亮的漩涡内，仿佛自己有喜事一样
手握风，吹燃芬芳而明媚的生活
陶醉在春天的委婉中

（选自 2023 年 3 月 3 日《中国艺术报》）

未来之树

左右之间

一枝新芽　终于
从古榆树的侧颈处
探出头来

睁开惺忪的睡眼
吮吸一口　人世间
疏朗的空气

清晨的阳光
将全身照了个通透
柔软的风　第一回
吹进嫩绿的心田

这是等待一个春天之后
他以一棵
未来之树的名义　站在了
时间的肩上

（选自诗集《镂空的光阴》，作家出版社 2023 年 8 月）

告诉她们

华万里

告诉我所有爱过的花朵
我正在为她们疼痛
只有蝴蝶和蜜蜂才是我的知己
只有爱才能使我肝肠寸断
我没有在花心指定黑暗，制造废墟

告诉她们：春风无限，我爱过的所有花朵
都是我一生的骨肉
我偶尔古老，我长久新鲜，所有的花朵
我都爱：有色的，有毒的，有恨的，有误的，有刺的
我被她们磨损，又被她们再造
我浸透太阳的光芒，在自己的泪水中翻滚

我沉默如花粉
看见了芍药、玫瑰、茉莉、水仙
她们教会了我如何对待
鲜艳的问题，而蕊像一堆黄金
令我狂喜至极，让我不停地念着——
告诉她们！告诉她们

（选自 2023 年 9 月 21 日华龙网“鸣家”栏目）

春天的赠品

张怀帆

我喜欢迎春花甚于连翘
灰鸽子甚于灰椋鸟
春天的午后阳光甚于上午
我喜欢一个人走路发呆
甚于独自骑车沐风

鸟在春天大都叫得浏亮婉转
但我喜欢黎明的那只，甚于夜莺
植物竞赛开花，但我喜欢
零星的花朵甚于繁花，小朵甚于大朵
喜欢翠叶，甚于红花
喜欢一个人走过柳路，对众鸟齐鸣
充耳不闻

我喜欢春光里慵懒的猫，甚于
兴奋蹦跳的小犬，喜欢
椅上晒太阳的大爷，甚于跳广场舞的
大妈，我最喜欢上班路上
午后太阳赠送的
一个呵欠

（选自《延河》2023 年第 3 期）

拈花客栈

徐小华

仿佛所有的静默都被平摊到屋顶
青灰的廊檐和瓦片，一下子就把人心
送达前往禅意的路径
除此之外，这些小院的墙壁或黝黑
或浅白、或以淡雅的黄
与房前屋后的花草们比划着春色

路旁的石头和门牌，亮出小院的名片
芦花宿、云半间、萤火小墅、半窗疏影……
竞相兜售远离凡俗的生活
世道莫不如此，挣扎于尘烟，却又
执着于梵净的世界自我消遣
像这些乔妆的客栈，进进出出
决非拈花的笑意

我们倚靠竹编的门扉，与一株古意里
赶来的腊梅闲聊风情
远处的光焰正灼耀人间。在你转身
入门的瞬间，整个世界
打住了色彩

（选自《绿风》2023 年第 6 期）

雪白的鸽子

马文秀

深情的对唱，让雪白的鸽子
在彼此的眼中找到了天空

从那座山飞往了这座山
飞行的轨迹是一朵玫瑰的形状
开在了过去也开在了未来

只有此时，我们或许意识到
曾经离去的背影过于锋利
划开了夜色一道口

多年来，我们带着故乡的星辰
在漆黑中走向远方

却不知道彼此遥望时
折射出的光芒，比自身还耀眼

（选自《人民文学》2023 年第 5 期）

晚　月

应文浩

月亮照在园子里
青菜、萝卜、波菜……
被一一照出来
从虚到实
让我们感觉只有照耀
才肯站出来的事物
真的很多

巴旦杏、红梅、曼陀罗
花朵与平常的绿叶
艳度变得多么相近
我们能感觉到
它们的平等并非源于自身

明天，太阳升起
那些突显的真实
令我们再次找不到虚无的入口

（选自《扬子江诗刊》2023 年第 6 期）

谷　雨

文　博

春雨落了下来，
路旁的椰树，斜坡上的槟榔树
被濯洗得清亮
布谷声清脆，把春天推向深处
犁铧翻滚四月的泥土
春水浸润田野，农人们正忙碌插秧，施肥，
打理玉米苞
他们对春天有太多的不舍
紧紧抓住春天的尾巴
让春天再逗留多时
等待田园、溪水渲染更浓郁的春天的气息
也等北归大雁收拾好行囊
一同走入夏日的热烈和沉甸

雨水轻抚着田地
南风乍起，荡漾着诗韵
一个农人牵着刚耕作的老牛
走上田埂，那黄牛叫声哞哞
似乎在向夏日呼唤
久久回头，回望田头上散落的芦花
眼睛湿润，那是对春天的最后回眸

（选自《延河》2023 年第 1 期）

四　季

子非花

玫瑰张开通红的眼睛
瞪着四季的轮回
茶叶们透过杯子
不断仰望星空
哦，一切皆是透明！

你擒获我到人间
我依然如在洞中
你纠缠于你和一粒米中的
广阔未来
而在光辉的日落之后
每只苹果都要经历一次粉碎的危机

（选自《诗刊》2023 年第 16 期）

致春天

李爱莲

说到那时的一切，总是有一段悬而不落的快乐
我们总是能说起一个话题，比如在这样一个天气
雨水潺潺地流着，虽然它是不完整的
它时常有许多刻意的留白、冗长的间隔和沉默

至此，我们还希望有太多的事情发生在春天
比如，窗帘分开，春风吹进来
有光也跟着进来，过度蓬勃的春天的景象
从四面八方也涌进来

（选自《朔方》2023 年第 7 期）

腊月二十三

李玉琼

过小年
一片飞起的羽毛在提醒鸡毛掸子
勤拂拭
从物质的尘到形而上的灰

日子
不停地涂抹白天黑夜留下的缝隙
从身体敞开到星光漏出的
地平线不是线

灶台住着灶神爷
窗花守着花窗
儿时的花衣裳藏着一颗透明的水晶糖

腊月二十三
腊月二十四
我说好慢
我说太快
空气里一阵狗吠鸡鸣

（选自《诗选刊》2023 年第 12 期）

今日大雪

郝子奇

大雪　是从轻轻的风背上
登到高处的　人间
此刻低在灯火里

准备好　滚烫的体温
咳不出声音的喉咙
一直在血脉深处的疼痛

怎么办　暴风雪就要来了
我听到了时光散开的声音
而我们　大地一样的肉体
必须让不是种子的事物钻进生活
然后爬出来　给肉体一身的鳞伤

一朵雪花　起伏着整个白色的重量
融化之前　背负着一个时代
在静默的世界
占据着开花的地方

先不要欢呼
在春天到来之前
我们必须和风雪同行

（选自《绿风》2023 年第 4 期）

你在春之上

杨拓夫

你在蓝色之上
在柔软之上

你嫩成了昨日的样子
你含苞欲放

那么好的好时光
在好时光之上

那么亮的露珠总是那么亮
你在亮之上

我在河边遇见春天
你在春之上

我在水上听到琴声
你在琴声之上

我只求一叶菩提遮蔽风雨
你在菩提之上

其实我什么也不求
因你在心中央

（选自2023年6月15日“湖南省诗歌学会”公众号）

春风错

符　力

春风吹。春风吹黄河
黄河就解冻了；春风吹华北平原上的柳林
柳林就成排成片地飘飞嫩黄的新芽
春风吹故宫墙外的玉兰，吹迎春、吹海棠
吹樱花、杏花、梨花，整个京城
就荡起一座鲜花的海洋
今天，团结湖地铁站旁，春风又一次吹拂我
吹我开裂的嘴唇
吹我内心角落里的枯枝。春风吹啊
信心百倍地吹，像一个不服输的
孩子，以为我真的还能
开出花朵来

（选自《诗选刊》2023 年 9 月号）

没有拆封的幸福

黄明山

没有拆封的幸福
暂时还不知道它在里面的样子
会不会生出一双翅膀
飞出来

先别忙着去拆
你不妨抓紧最后的时间，去想象
即将到来的幸福
怎样的方，怎样的圆
又怎样的让你措手不及

幸福也有保质期
幸福不会精怪到不翼而飞
幸福像幸福
拆封吧，大大方方同时小心翼翼
没错，这一次的幸福
是你的

（选自《诗龙门》2023 年秋冬卷）

诗歌作法

江耀进

像一朵干瘪的云
一切都归于平静。缺水的
天气，也许写诗可以喂养什么
墨水洇开
船长和锚就靠岸了

关于想象，从一个具体的场景出发
然后扔出去，扔出碎片、雪球
扔出黑洞，甚至
扔出无法抵达的内心海啸

从头到脚来一次清洗
等到干净的时刻，诗歌就胜利了
就像尖绿的嫩芽
饱含一颗露珠

（选自诗集《在人间总比天上好》，作家出版社 2023 年 6 月）

落日之乡苍凉而辉煌

广　子

落日浑圆走向山岗。每走一步
苍穹要降低三尺，旷野会高出一头
我在天地之间越来越渺小
但还是比群山离天更近
当你看到余晖烧焦了荒漠
当你看到我在灰烬中拔腿迈向天边
你就会看到，落日之乡是如此空旷而贫瘠
万物的归途是如此苍凉而辉煌

（选自《草原》2023 年第 8 期）

你没有见到苹果园

王可田

你没有见到苹果园
只看见一棵苹果树
在风中舞动绿色的闪电

一棵苹果树就是全体
每个枝子都在分发
崭新的邀请函

容光焕发，孕育的枝条
叶脉赶制岁月地图
花苞打开奶和蜜的泉眼

光阴的流逝一如幻觉
苹果树的各个器官
都急不可耐地响应和召唤

秩序是有的，一棵苹果树
仅需一棵，已然道出
退藏于密的苹果园

现在：每一棵挂满嘴唇的
苹果树，大地和天空
都在述说着同一个春天

（选自《钟山》2023 年第 1 期）

平分春色

丹　飞

只有在春分
才第一次有公平的体感
比江水平还要平
比星垂平野阔还要平
当然，也比平凡还要平
我想挑一个天朗气清惠风和畅的日子
在春光里小住
时光浅酌
我分一杯春给你
还要邀你平分
季节在体内拔节
邀你平分日夜
也平分春色

（选自《都市》2023年第3期）

在草原

项见闻

生生不息的，远不止是流水和祖先
浩浩荡荡，无边无际的草
这一刻，让所向披靡的人感到渺小

草的前边还是草
就像时间的前边还是时间

人不在时，草还在
人死了，草还会复生

想摆渡时间的人
最后都成为过客，一抔黄土

卑微的草柔弱的草寂静的草
不动声色，万古长青

（选自《诗选刊》2023 年第 2 期）

月光落在后背

倪宝元

月光落在后背
你背着它，像背着一座银色的城堡

流水轻抚你脚下的土地
油菜花肆意地绽放，把这个春天的注脚
写在肩上，映出四月
无边的辽阔

你永久的缺席，教我保持沉默
但我还是习惯在你背上的月光里
捡拾一些祝福的话语

任心头的月色
一遍又一遍落下

（选自《大河》诗歌 2023 年第 4 期）

杏　花

黍不语

是杏花安抚了那些迷人的荒芜。
当她又一次重新生长，又一次
感受蓬勃孤单的人世，
她走了那么远的路。带着五百年的风沙
和柔情。
杏花把手按在黄土上，院墙上，
按在河床和烽火台上。
她看到时间有被爱过的伤痕。
在这世上，
一些花儿在开，一些花儿在落，
一些还在赶往记忆和命运。
在阳高，
一个人有走进树木的愿望。
有打开的愿望。
有跋涉枝头，向光阴轻轻散落的愿望。

（选自《长江丛刊》2023 年第 6 期）

大雪日

李贤欢

一大早
山城的朋友与我聊天说
大雪的日子
虽没有下雪
但生意比下大雪还白

下午
我向京城的客户去微信
大雪的日子
你那在下雪么
是否已进入冬眠模式
怎么没有订单过来

而在羊城的合作伙伴
来电告知
说原料有上涨趋势
可否来点订单备点货
大雪的日子
如你的订单像雪花一样飘过来
那该有多好

别急！已有预告
申城今年是暖冬
别说大雪

小雪也不会下
大雪过后是冬至
冬至一过
春分也就近了
做好冬藏
在动静结合中
等待春暖花开

（选自2023年12月8日中国诗歌网）

立 春

史 冰

花苞已醒。杜鹃的枝头
有三五朵剥绿的笔尖
正在商讨着什么

田野间松动的洞口
一捧新土上的一串梅
最先暴露了谁的
踏春心机

溪河沿儿的心事
被涌动的脚步磨薄了嘴唇
一层层融化
怕是包也包不住啦

我躲进光的侧身里
想，故乡的花
到底哪一疙瘩、哪一朵
先瞅见我

（选自 2023 年 3 月 24 日中国诗歌网）

第二辑

诗在远方

在聂鲁达故居吟诗

赵丽宏

题记：2018 年 7 月 24 日，智利聂鲁达基金会在聂鲁达黑岛故居为我举办诗歌朗诵会。本人用汉语朗读原作，智利诗人用西班牙语诵读译作。这是聂鲁达故居第一次为中国诗人举办朗诵会。

海涛就这样日复一日
在书房的窗外永不停息地轰鸣
聂鲁达留在海滩上的脚印
早已被去而复返的潮汐抚平……

我在诗人的故居吟诗
汉语的韵律，如自由触键的手指
抚摸着每一件如琴的器物
海螺，船模，玩偶，酒瓶
历尽风涛的船头雕塑
裸露着身体的美女胸像
是迷途的海洋化身
汉语的词汇，撞击着房梁上
一个个诗人的名字
那些用刀刻勒出的字母
是昔日主人对朋友的思念
至今依然铿锵有声，绵延不绝……

丛林般起伏的书架上
全世界的文字如溪流汇集

聚合成浩浩荡荡的江海
交织成轰轰烈烈的交响乐
而难得来访的汉语如一缕古琴的清韵
被江海的涛声烘托着
在自由无羁的海风中飘旋

也许，我的汉语
在黑岛主人耳中并不陌生
厅堂里中文余韵未落
西班牙语便风风火火赶来
如呼啸的海风穿越大洋
瞬间便在厅堂回旋，和我的汉语会合
两种完全不同的语言
在诗的厅堂里奇妙邂逅
碰撞、缠绕、呼唤、应答
融合成亲切温暖的和声……

来吧，让我们一起用缪斯的魔术
把沉默的石头变成响铃
把荒凉的野漠变成花园
让枯萎的草叶上结出蓓蕾
让静默的海面泛起雪花般的排浪
让海鸥和山雀比翼放歌
让大海深处的鱼儿高高飞上天空
让门外的日夜不息的海涛
成为永无尽头的诗之余韵……

（选自《诗林》2023 年第 4 期）

童年的衣裳

吉狄马加

童年在很远的地方
向我招手，
哦，妈妈，你今天在哪里？
好像这一切就在昨天
火塘照亮了你的脸庞。

命运的棱镜
消失于不灭的空间，
那一针一线的深情
缝进我节日的盛装。

在我的背上盛开着太阳的花朵，
在我的胸前能看到害羞的月亮，
羊头的面具在我的领口微笑，
波浪和彩虹为爱在那里歌唱，
不同的植物散发出大地的芳香，
蕨芨的纹路有多少生命的秘密。

唯有在眼睛的节日，
那些赞美的词语
才更接近于分娩的太阳。

哦，妈妈，你今天在哪里？
你把千种丝线穿过油灯下的针孔，

你的手指比白色的羊毛还要柔软，
你为我缝制的衣裳
定格在不老的童年，
而它的温暖，却将伴随我
直到生命的暮色
降临于宁静的群山。

我将迎接
最后的黑暗与火焰。

（选自《作家》2023 年第 7 期）

时间（节选）

阎　志

4

找到了窗口就好
我们还可以回到少年
回到蓝天白云下的教室、操场
回到萌动的情愫
起跳的那一刹那
不，不是一刹那
那反复悸动了很久的心跳
还在那片草地上

我看到了
一个少年从那片草地上
站起，并朝我走来
我已张开双臂
这一次，我一定要好好拥抱
紧紧拥抱那个少年

13

好吧
再说说远去的那片夕阳
明明有时间的影子
却从未走近

夕阳大多数的时候
一如你的转身

一如你在少年时的一次转身
无所顾忌

放下吗？
谁又能想到
在老去时的某一刻
总能看到自己少年时的那一次
转
身

32

是谁把彼岸命名为“门”的
仅仅是因为
门是通往彼岸的唯一路径吗？

广场是必需经过的
那群鸽子飞起时
最后一只角马来到彼岸

留下河对岸的草地
被阳光照耀得
如同金黄的麦田

如此，重新命名“门”
以天空的名义

48

我们谈论时间的模样之前
我们先要约定好谈论的地点
在高耸入云的摩天楼顶层
还是在金黄色夏天的峰顶
在流水潺潺的溪流边
还是在南极冰冷的帐篷外

很少有人愿意在这个时间聊聊
时间的模样
所以我们特别珍惜这样的谈论
所以到底在什么地方谈论
显得尤其重要

49

忘记了是谁提出来
就在路上谈论
太好了！我们就在路上谈论时间的模样
在宽阔的马路上
在北京至上海的高速公路上
在一句诗从一个字走向一次抒情的路上
在我们深刻地想念一个人
譬如，想念父亲的路上
在梧桐树叶飘落的深秋的道路上
在一群人的背影变为一个人的背影的路上
聊聊时间的模样
这样很好

50

时间就是四季的模样
春天总是姗姗来迟
找不到去年飘零的落叶
记忆中　冬天从未缺席
冰天雪地中　时间也从未休止

时间是不经意间
四季的轮回
时间从没有在季节与季节之间
停顿

时间也从来没有为任何事物停顿

时间也从来不提醒我们
又一个冬天　开始了

51

时间是年的样子
时间是习惯一年一年容颜的改变

时间是月的样子
时间是跌跌撞撞中从这个月到下一个月的匆忙

时间是一天的样子
这一天也许是你的生辰
这一天也许是你离开这个世界的日子
这一天是遗忘的开始
这一天是重新找回的记忆

93

时间啊，我对您无比敬畏
我写了 101 首赞颂您的诗篇
献给您

我只祈求
给那些善良宽厚的老人增加时间
我只祈求
让那些在不同时空的深爱的人　相遇

（选自《收获》2023 年第 6 期）

驼　队

唱给草原绿化队的歌

曾凡华

准格尔草原欲雨的天穹
实在是不能压得再低 再离谱
再低就会碰着我的马背
盖住我一世的清白和风骨

从鄂托克前旗吹过来的风
也不能再强劲
否则，牛羊就进入不了古典的画面
运树苗的驼队就会乱了方寸
找不着“盈盈一水间”的那种感觉

作为人类文明的发祥地
黄河峡谷里的河套人 心悦诚服
草原风光　他们才风光
草原枯槁　他们也枯槁
人文历史的曲线
从生态审美角度难以判定
而驼队作为流动的色块 斑驳而多变故
虽说牛马衔尾　水草丰美绝伦
荒原狼仍在丛薮中蛰伏

请那位“乃日”传承者合拳学兔子叫吧
引出美丽的狐狸驻足

弯弓射雕的日子虽然不再
盘腿于绿草地，听“乃日”歌吟
也是人世间的另一种超度……

（选自《鄂尔多斯》2023年第12期）

在华沙肖邦机场

王家新

波兰航空，从纽约肯尼迪机场起飞
到华沙肖邦机场转机，
这是我再一次“踏上”波兰这片土地；
临近机场俯看，大片起伏的和平的绿色原野，
（不像乌克兰，充满了战壕和炮坑）
好像它的创伤已被熨平；
然后我听到肖邦的波罗乃兹舞曲，
每一下钢琴的敲击，都敲出深渊里的火花，
和令人惊异的寂静；
然后我看到一个年轻的犹太人，
在登机前放下经书，面对墙壁合掌祈祷，
（他是否要前往奥斯威辛
寻访他的已化为灰烬的祖辈？）
而我坐在长椅上，想起了策兰早年的一次行旅——

　　经由克拉科夫
　　你到达，在安哈尔特火车站——
　　你遇见了一缕烟，
　　它已来自明天。

是啊，你的飞机也将经过克拉科夫上空，
经过米沃什、扎加耶夫斯基的上空，
经过奥斯威辛的上空，
然后飞往斯洛伐克，飞往紧靠罗马尼亚的黑海……
你将回到中国、回到你来的地方吗？
赤道般的酷热。两小时的停留。还有一个

新学到的词：“晴空颠簸”。
而你将从肖邦机场转机，从策兰机场转机，
从米沃什机场转机；
到达与出发。那永不消散的
来自明天的一缕浓烟，
生命刺锈般的铭刻——
你也是在“那条线”上，在一条
枪响般震颤、断开又复原的
子午线上。

（选自《万松浦》2023 年第 5 期）

奇　迹

王杰平

背后有人
在奔跑　急促的脚步声
让我停下

我没回头
只是在想
这样的夜晚　就该有奇迹发生

比如　一头美丽的猎豹　穿过森林
用尽最后的气力
来到湖边
把牙齿和鲜血
交给水

我反对猎杀
但喜欢被猎杀动物眼里复仇的寒光

这一系列的画面　也令我
在漆黑中
睁大了眼睛

（选自《十月》2023年第5期）

如果我脚踩火星

第广龙

火星上一片荒凉
这是火星上
才有的荒凉
又不完全如此
我熟悉这种荒凉
这和西北戈壁滩的荒凉
是相同的
恍惚之间产生错觉
似乎我没有来到火星
继续往前走
就能看到一座陈旧的房子
一棵枯死的树
一群能消化石头的羊
早就离开了
可我确实来到了火星
不是在梦里来的
也不是坐飞船来的
我仅仅用了一个意念
就来到了火星

（选自《诗潮》2023 年第 6 期）

在德令哈怀念海子

彭惊宇

多么荒远的路。我来到德令哈
这座青藏高原上梦寐已久的城

夏夜星空里，我找寻那位瘦哥哥
他忧郁的目光早已化作阑珊夜色
今夜，在德令哈，谁拥有无边的孤独
时光改变了容颜，姐姐何其苍老
何其苍老的姐姐，是否愧对于这枝红玫瑰

错爱一生，终成绝唱。我的瘦哥哥
这果真就是你，雨打空城的一颗泪滴
这果真就是你，无限伤情后的旷世凄美

今夜，在德令哈，我举起空空的酒杯
今夜，在德令哈，我只听刀郎那首苍凉之曲

而此刻，远离这世界屋脊，夜幕江南
正有一低矮的乡村坟茔埋葬着我的瘦哥哥
他破碎的身心，曾完结于那个理想主义时代

我的瘦哥哥，请抹去你的泪水和伤悲
请你黎明即起，以日为轮，以梦为马
挟着千年稻田的气息，来到这青藏高原上
看那峰岭逶迤，垒似白银闪亮的天堂

周天子的八骏徜徉、踢踏，尾鬃轻扬
婆娑起舞的雪域少女，将用圣水净洗你的面庞

今夜，在德令哈，星光邈远，寂静、闪烁
我的瘦哥哥，会在喜马拉雅雪莲的梵唱中复活

（选自《北京文学》2023 年第 12 期）

济水心经

北　乔

当水潜入地下
历史的背影走进密不透风的丛林
远古的传说
重新回到人间，有些脚印正在醒来
这条河叫济水
三隐三出，言说时间的在或不在

从源头到大海，距离很远
沉默深处的那份沉默
在黑夜与白天的边缘踱步
河流里，记忆在争吵不休
平静的水面，以天空的表情
诉说人间的生活，以及梦

穿过济源大地的济水
如羊群缓慢离开
树一言不发
叶子在阳光中奔跑
岸边的人，在一滴水注视下
转身回家，把自己想象成站起来的济水

（选自《诗选刊》2023 年第 2 期）

神都的油纸伞

董进奎

一把伞袅娜在路上
雨踩着韵脚降落
一张薄命的纸被涂抹、被折叠、被附魂
被撑起一片天
状若紫薇宫中的天堂、明堂

始终的天堂、明堂状若伞
有一株彩绘，不是彩绘绛色的腊梅
冰雪压顶也不掩红唇
穿过神都的青石板
相信，她曾经有过几次亲手的把握

如果俏立扁舟也一柱擎天
像一叶叙旧的音符
或雨成丝或雪化魂，水中泼墨
江山如画，一切繁华
巧藏在兰花指间顺流过河

（选自《江南诗》2023 年第 2 期）

山洼村记事

温　古

与一座山相处，就是与它翘起的岩石相处
就是与它沉默的树根相处
就是接受它递过来的溪流
允许它携带着花信和风，推开栅栏
进入你不设防的院落

与一座山相处，你可以分享它的月光、黑夜
将风雨雷霆，视作我们共同的坏脾气的老人
容忍洪水的莽撞，容忍霸道的灌木
挤扁越来越瘦的农田，允许麻雀分享成熟的谷粒
且挑肥拣瘦，并要山默认，我也是
滚进山里的一块大石头
质朴的身份，具备足够的尊严和重量

（选自《特区文学》2023 年第 10 期）

睡了几百年的房子醒了

胡丘陵

坑塘村，这么多睡了几百年的房子，同时醒了

是游人的脚步，敲石板路敲醒的
是手机的闪电，磨亮铜镜，照醒的

母牛唤了那么多年，没喊醒他们
溪水唱了那么多年，没推醒他们

天井沟中的乌龟，爬不动钢架和水泥
屋檐水，山洪爆发

透过木窗，我看见男人在梳着鞭子
看见母亲哺乳婴儿

看见族人，议来议去
是种好看的石楠，还是种好吃的香榧

松阳高腔，叫出遍野竹笋
石板路太挤了，游人如织
诗人，不知道去哪里

（选自《十月》2023 年第 6 期）

停摆，或静下来

冰　风

这是一个最接近真理的谬误
时间是一条川流不息之河。

有时似烟花，有时如线团
偶尔也会变幻成一条不规则的抛物线
时间，只是依附于生命体的一个影子
神秘莫测、忽明忽暗

我们的一生常被时间所误
总以为顺着河流可以抓住时光之羽翼
其实，当你错把生涯
当做两点之间一条笔直连线
无论在起点、中途，还是终点
你已丢失许多最珍贵的事物

时光，有时可以静下来，甚至停摆
心灵需要停歇的驿站，如画之留白
不妨停下来，清理下风雨中一路走来落满的污渍和尘埃
而路上的每一处风景，都值得你
细致品味，沉浸其中，因为你所走过的每一处
都是你生命枝头的一簇繁花
或，一片落叶

（选自《诗群落》2023年7月号）

天空的空

牧　野

能入眼的万物，都是
天空的杂质
天，原本就是空的

空，并不一定都是无
有些空，确实会以物体的形态
存在着，只不过
慢慢地就变成了，回忆

后来者，可以面对着空
想象，流星是空的说辞
太阳，是空的反骨

我也会用一双空洞的
眼眸，仰望天空
搜寻着，在这渺茫的空之中
有没有，我的归宿

（选自《上海诗人》2023 年第 6 期）

永州的西山

蔡天新

能眺望远方的山才是名山
它同样也会被远方的山看见

依江而立的山才是名山
来往的船夫和旅人不会错过

有幸被写入诗文的山才是名山
人们在平坦的地方也能看见

曾经亲自登临的山才是名山
踩在脚下会被你永远铭记

（选自《诗刊》2023 年 9 月号）

向阳的坡地

周启垠

我所在的地方是向阳的坡地
一直以来，仿佛我的脚踩着的所有地方
都向阳，树木葱茏，花草茂盛

我看见，独库公路用特有的曲折回环
把天山勒成不断走向远方的形状
我的脚步踩响的声音仿佛微不足道
（当然，我自己没有更多的注意过）
我已听从内心的召唤走得更远
我看见，那一辆接着一辆的车队在向前汹涌
无论怎样曲折，无论怎样回环
都向着前方走去
去库车，或者去独山子
不过是方向不同

我感觉一切都已经上路
在这路上，我已经被四季的变换迷惑
在这路上，我仿佛看到风的刀子剪过杨柳
走不多远就剪出苍茫冰川

（选自《人民文学》2023 年第 2 期）

嘉峪关残垣

段光安

亘古石墙挡住了去路

我停下脚步
面对一块石头，就是打开一本书

读页岩残缺的文字
试图译解一个个符咒

我触摸坍塌的石块
触到它的最深层，猛然发现

四野沉默不语的石头
以独有的方式构成宇宙

（选自《天津文学》2023年第6期）

秋风要运走什么

雁　飞

仿佛突然发生了什么
秋风的列车，一趟紧接一趟
昼夜疾驰
恍惚中，不是风在呼啸
而是房子被开动了
向前奔驰
秋风，急促地经过
形成一条忙乱的运输线
浮尘与纸屑被阵阵掠起
秋风啊，你要运走什么

（选自《诗选刊》2023 年第 2 期）

匆匆一瞥

雁　西

森林里的白云告诉我们，她不仅在天上
抬头可以看见
也会隐藏在绿波浩渺的，无人抵达的
时光存放处

同一片花园的芬芳
只为等一个人，抖落尘世间的尘埃
还我们一个轻松、自由、闲散的海岸

匆匆一瞥便过了千年
但还是在等

（选自《绿风》2023 年第 6 期）

在大别山上听蝉

王 键

这山上的清凉，用
阴影压住了尘世的热浪
蝉，孤独地立于高枝
仿佛得了道的高僧
身披黑袍 在高处
打坐、入禅
它们只吃最简单的东西——
朝饮甘露，夜吸树汁
它们的叫声与山下的不同，“知——”
声音平滑而悠长
像一架无人机轻轻穿过
一支曲子的低音区域
那是尝过人间炎凉后的声音：
平和、耐心、低调
你从中听不出
悲喜

（选自诗集《山湖集》，武汉出版社 2023 年 9 月）

奔跑的你

王芬霞

有时，你会进入我梦里
湖水微澜，青山倒映
你明亮的眸子瞬间将我淹没

你在远方
从一座城市到另一座城市
我担心，奔跑的你会不会
被一片跌落的云影绊倒

在时间的空格里
我还将不时填写新词
奔跑的你，以及
所有为你助力的人
将会陷入我的诗行

（选自《草原》2023 年第 2 期）

云 海

牛 涛

海浪敲打着礁石
时光被磨平了棱角
海边的寺庙 声声晚钟
为这盛大的黄昏祷告
流云丝丝缕缕
是写在天幕上的经文

我安静地坐在海边石头上
看远航的邮轮渐渐消失在海平面
一只海鸥 送它远行

湛蓝的海水 一浪一浪
拍打在礁石上
仿佛一遍遍轻轻敲着木鱼
我的心安静了下来
静看碧水清空
海鸟飞向远空的云彩

不是微风 也不是海浪
是寺庙里隐隐约约的诵经声
让天地安静下来
等夜色降临，寺庙陷入沉寂
我又淹没于茫茫的人海

（选自 2023 年 8 月 17 日《云浮日报》）

绿皮火车

曹　丽

这么多年了，一列绿皮火车依然
在我生命的某段路程摇晃着
它缓慢，破旧拖着汹涌的河流和猎猎长风
也拖着一个少年对未知命运的惶惑
和一个中年女人鲜为人知的半世光阴
仓促路过陌生的人间
偶尔发出多余却又扯动心肺的嘶鸣
把日子，从年轻走到苍老
把短暂的一生拉长为
一次漫长的漂泊

（选自《牡丹》2023 年第 6 期）

天地之心

唐德亮

喧嚣的尘世，何处寻找
苍天与大地之间的
那一颗滚烫之心

巨翼舒张
一只天鹅，或一只彩鸟
携着光的音流
掠过城市，码头，渔村
羽翼载着绮梦
舞动于天地江河，穿越悬浮的色块
长喙啄开风之门，雨之帘，阳光之幕
旋转，低回，振翅
掀起冲天的巨浪和迷濛的烟尘

船欲静而风不止
你窃窃私语，我引颈长鸣
灰色的雾云变幻身姿
蓝潮瞬间静默，然后泛层层情涟
按捺不住，向着深远的时光之岸迸溅
灵魂往何处漂泊
天地之心，在真实与虚幻之间
剧烈地跃动，燃烧

（选自《北方文学》2023 年第 4 期）

怀抱一只小羊

田　斌

在那拉提空中草原
让我迷恋与难忘的
不是草原秀美无限的风光
也不是空中展翅翱翔的鹰
更不是养蜂女优美的雕塑
而是一只小羊

当我看见一只小羊在低头吃草
就像抱宠物般地
把它搂进我的怀里
奇怪的是，它不蹦，也不动
温驯得像婴儿
特别是它那一双清澈明亮的眼睛
触动了我的心

放下它的那刻
就像从前我放下刚学会走路的女儿
在我的张望与担忧中
她走出了自己该有的模样

（选自《诗刊》2023 年第 21 期）

缓慢辞

高若虹

据说　凡是很高的事物都很慢
云高　走得慢　我地上的影子还没走到身后
云已走得白发苍苍
山高 长得慢　山老得不能动了
还高不过一只鹰的翅膀

我是晋陕峡谷的一滴黄河水
逆流而上 走到海拔 4800 米的黄河源头历时 66 年

我走得很慢 慢于朝圣路上磕等身头的人
慢于青草接近牦牛的舌尖
慢于一场雪染白一只鹰的孤独
也慢于雪豹将雪背上巴颜喀拉山

我也是朝圣之人
每走一步都要叩头
吕梁山　阴山　贺兰山 祁连山　巴颜喀拉山
席地而卧　每座山都是尊神

总喝黄河水
为的是慢慢流淌 绝不奔腾
天黑了 咬块月亮 夜行的路上走成一只萤火虫
走不动了 嘴里嚼一茎牦牛啃过的青草
学石头盘腿打坐

没能让我停下来的不是山向天际的后退
不是路对地平线不见不散的相逢
而是一只蜗牛的相伴和每天拱手送我上路的旱獭

我缓慢地接近
缓慢得像流了66年的一滴泪
可当我一见到黄河源头
我这滴老泪就夺眶而出流出母亲的眼睛

（选自《民族文学》2023年第4期）

梁湖颂

袁　磊

湖边待久了，就喜欢追着鸟阵、云雾
和片片浪花、虚无，给礁石和青峰
重新命名。在蒹葭与芒草间
在鸟儿操心的世界，寻找世界
和桃花源。在人群和现代文明中
缺席，在雨雾中重新确立
籍贯、身份和语言。但雨雾让这世界
几乎消失，却又从红嘴鸥的呼唤中
淌入野蒿林：作为仅存的世界
一直在呼唤。那只丧偶的黑天鹅
不知又钻哪去了，沉默、孤独、隐忍
拒绝同类。而雨雾却从天边坐下来
把我当作鸟儿的同类，倾听湖上风云
就能长出洁白的羽翼和长长的喙
所以我一直在寻那声呼唤，从雨雾
穿过雨雾。是孤独在抵达孤独
我深信在雨雾背后，在水天相接的远方
一定有一条路，通往世界重新命名的
坍塌的某部。但我早已习惯
在梁湖，迷途就是归路

（选自《人民文学》2023 年第 2 期）

七峰山

高　野

你比一只蝴蝶优先
拥有七峰山。你张开双臂，像一对翅膀
唤醒那些沉睡的花草。
三月沿着起伏的心坎
正在变绿。越来越像一件快乐的事
赶上了好天气。
风吹动白云。
也吹动你内心的岩石。越来越像想念的人
也来到了这里。
一切正变得柔软，轻盈。
你散开的长发已有了风的形状。
山谷含蓄。
一直把自己藏到水里。
你要对着另外的山头
喊一个人的名字，才能填补它的空旷。

（选自《诗龙门》2023年春夏卷）

看见一只鹰

代红杰

阳光下传来一束黑色的探照灯光
风声中传来铁和天空的摩擦

我说的是一只鹰的飞，和
它的叫声

多么庆幸，庆幸
青春暗涌，我还没有失去知觉

庆幸天空和地面
尚未没收俯视和仰望的可能

这是我心中曾经喂养的鹰
这是我的心中已经盛不下的一只鹰

尽管它像一名过客，飞向东边的山头
尽管它把斜阳和我，剩在一块石头上

（选自《星星·诗歌原创》2023 年第 1 期）

骆 驼

郭建强

在惊呼中
有人目不转睛，辨认海市蜃楼的细节：
楼台亭宇，街市人群，流动着组合，像是绕颈飞行的风
有人紧张地别过脸，确定驼队的存在
有人神色痴迷，匍匐礼拜，嵌在额头的沙粒构成迷宫
而逐渐黑暗的东方，用岩石和草茎挽留橘红的裙摆
你悄悄咬破舌侧，血在释放甜，也在释放咸
骆驼领下的铜铃瘦骨嶙峋地回响着：
既像是在被催眠了的丝绸里梦呓
又像是一把钝刀无所事事地切割着苍茫

（选自《人民文学》2023 年第 1 期）

在春天开花

闫太安

我要把我喷香的思想
飘散在古道小径和太阳初升的地方
我要在每一朵花蕊里写下明天
写下蜜蜂与蝴蝶欣赏的绝句
我要在每一朵花里斟满好酒
让喝醉的月亮口吐绝妙的诗意

在春天开花
疼痛在体内形成了一条条悲伤的溪流
一个个近乎绝望的湖泊
相信只有那些在湖水中飞来的水鸭
以及它们在湖边的草丛里生下的一窝一窝的蛋
和孵出的一群一群的小鸭子，才能让一整个湖水得到安慰
回到她自己的镜子里睡觉或打鼾
并在鼾声里呼出一大堆顽皮的星斗

在春天开花
开出绿叶的繁华，落下世态的炎凉
而我心依旧日出桑林，万处皆明

（选自《延安文学》2023 年第 3 期）

远方的哨所

张广超

孤寂哨所，只有月光、虫鸣作伴
清晨，在迷彩包围的风景里
一缕晨光最先把军姿投映在岗哨前
风弹奏琴弦
远方，只剩渐远的面孔
一个人和一棵小白杨
擎住茫茫的云天
是的，最远的地方有最美的风景
从故乡的小路出发
军营里有他一路青春的风景
一个小男孩，时常驻足、回眸
村庄温暖的风景
时光碎片穿透青春的光亮
时而汹涌澎湃，时而舒缓柔美
那些幸福的，清澈的思绪
于慈母手中针尖上穿过

（选自《扬子江诗刊》2023 年第 3 期）

统万城随想

景文瑞

一座城，可以多大
如统万城。
一座城，可以多繁华
如统万城。
一座城，可以住进多少流沙
如统万城。
沙封的故事会被后世一一掀穿，
牧羊人的鞭子从大唐长安伸回。
此时中午，阳光急进
风中齐聚十万苦力的号子。
不屈的嘶喊，
将历史一遍遍唤醒。
走马观花的汉子，请远离。
不要阻挡一粒沙子的哭泣，
不要阻挡我飞逝的思绪。

（选自《延安文学》2023 年第 1 期）

传播学一种

林东林

有一种爆炸或者是燃烧
它散发出来
很多很多的光线、能量和粒子
那些光线中的一束
从很远很远的地方出发
一路跋涉
跋涉，跋涉，跋涉
然后进入大气层
落在地球上
地球上的这片山谷中
在这个夜晚
它准确地找到了你
进入你的眼睛
你的回忆
最后成为你敲打出来的
这些字词句
被另外一些人看见

（选自《诗潮》2023 年第 10 期）

抱虎角

森　森

在抱虎角
“乱石穿空，惊涛拍岸”，色彩斑斓
我喜欢你的平静
我们从很远的地方过来
要经过一段单调、孤寂的公路
许多人没到过这里，甚至不知道这个海角
小众，偏僻，野性，纯粹
水清沙细，众鸥低飞
一座矮小可爱的白色灯塔伸入海中
你踱着步，对着沉浸中的我
突然大声喊
“这片海滩，不就是你的样子吗”

（选自《星火》2023 年第 4 期）

原野之上

汪少乾

像风一样逃离
奔跑在初夏的艳阳天里
风吹起绿色的波浪海
一声声呼唤苏醒了内心的野马
空气里弥漫着热血
奔跑，放歌，互相嬉闹
身边闪过策马的少年
狂野地追赶夏日的艳阳
我对着群山呐喊
在夜色中与星光细语
我走在旷野里
试图寻找最初的梦想

（选自《现代青年》2023 年第 9 期）

柏林禅寺

王江江

古桥还在流淌，滹沱河水不动
风铃摇晃屋檐，神在众人之间

晚云缝补的百衲衣，笼罩大地
无所谓东去西来，柏树子落下的时候
我行走在一个无法选择的位置，看着它
落在我面前的一刹那，同样无法选择

寺里的晚钟响一声，山川就低一些
山川低一些，我的影子就暗一些
直到钟声铺满了所有山川
暮色吞噬了全部的我
才能听到草木在遥远的旷野，唱着寂静的歌

从沾满露水的清晨出发，一直走到夜空下
仅仅是为了抵达那一点点遥远的寂静
这一路就要走那么多桥，过那么多河
要吞噬那么多黑暗，或者被黑暗一点点吞噬

（选自《大地文学》2023年冬季卷）

在南湖

王晓明

梅花开满垄上
太阳把一切都交给了它们
我躲在光芒背后
看满城出来的人
他们的脸与梅花一样灿烂
我与他们擦肩而过

走出花海
河边有一丛野苇
它们随风而动
有诗经的味道
人们走过并不留意
脚步带走的是梅花幽香

（选自《上海诗人》2023 年第 2 期）

麦垄间

刘国莉

一畦畦，格外透彻
像田字格，又像岁月分行打理的时光

起先，那些蒙混过关的麦蒿与麦子齐腰
被父亲用活水般的橡皮不客气地擦去

那几只麦鸟与合拍的虫鸣
夹裹一股股浓郁的清香蹿进鼻孔
然后，伴随我亲吻的清香
在麦垄中越陷越深

（选自《星星·诗歌原创》2023 年第 12 期）

月　亮

魏仲洲

是谁把你塞进这圆盘，变成夜的指针
任你孤独地走着，再不来瞧
如今好似年久失修
总也走不完一圈，天就亮了

月亮，月亮
你在自己的脚下洒满星形的面包屑
是耐不住这份寂寞，想养只白鸽来伴你吗？

可这些吃食，早被那三足乌吞个精光了！
你这糊涂的白胡子老头
她的八个兄弟若是还在，定将你也一并吞了

看着月亮，我突然想到
会不会卖火柴的小女孩
死后变成了嫦娥？
每个夜晚，都划亮一支
那皎洁的火柴，好让她陆地上的亲人
抬抬头

（选自《北京文学》2023 年第 6 期）

星　星

宋晓明

比这高原更高的星星
还是那么高高在上
此刻微醺，我要趁势
与它们和解，与自己和解

巨大的空，让万物
都显出了自在
羊群还在附近，自在得
跟世界没有任何关系似的

在高原上
一个毡包，一匹马
甚至一块石头，一堆马粪
都得跟星星一样，唯我独尊

今夜高原，繁星满天
仿佛都要扑进，我的怀里

（选自《芙蓉》2023 年第 6 期）

归 来

马 映

赶在大雪封山前，我要挣开这场围困
请你豁开疾行的北风，斩掉丛生的竹

我要返回田野。我多雨的田野
桐花零落成紫色的池塘，松果
空成庄重的祭器

直面天空。然而我从不为自己亮起一颗玲珑辉煌的灯。
肃穆远远不能削弱浪漫
我有足够的耐性，等待心意饱满

经过荒年枯萎，丰年繁茂
我的心意已十分丰盈，经得起利镰收割

落居的黑石头，由细雨回声擦亮
我已清洗好十面钟鼓，十面旗帜

（选自《延安文学》2023 年第 1 期）

人生况味

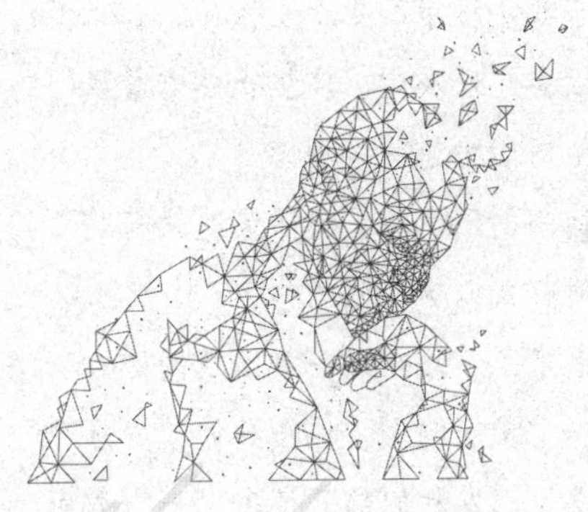

自画像

田　禾

曾经梦想当一名三国里的英雄
有一腔热血，有一身虎胆
可最终没有倒在英雄的路上
年轻时在村里耕田、种稻、割麦
我肩挑日月，干着体力不支的农活
种下去的庄稼总是赶不上季节的速度
在一个风雪交加寒冷的冬夜
我走出村庄，跟着一条长江奔来
途中的风雪不断修改我的前程
后来我去城市的工地上搬砖，扛水泥
整天吞吃着灰尘，灰尘也吞吃着我
晚上对着半轮明月写诗
在体制的三十年，我用灵魂耕耘
如耕耘我四季轮回的故乡
到老来了，还在写一首无用的诗
等一个没有的人。现在身体被岁月
磨薄了，发胖的部分是多出来的毛病
习惯了过一种寂寞的生活
黄昏我数着城市的灯火
风在我人生的秋天数着黄叶

（选自《长江文艺》2023 年第 2 期）

六十感怀

潘洗尘

六十岁　摘掉了三十多年的近视眼镜
傍晚散步时
看着眼前的这些模模糊糊的树和路
这哪怕再年轻个三五岁
也一定会疯掉吧

但现在　好像一切都无所谓了
只要走路时能躲得开汽车
其他的一切　以及一切的一切
看得清和看不清，又何妨

有时甚至我在想
我现在看到的人和物
也许才是他们
本来的样子

（选自《草堂》2023 年第 7 期）

彩石溪

路　也

我什么都不要
我已经如此富有

此刻，最想做的是，命令这条溪水停下来
为我一个人暂停片刻
水流止息，喧哗消失，两岸青山陷入沉思
一川带花纹的石头，任我定睛细瞅

一座大山的背面，被我翻了个底朝天
秋天的箱底有那么多细软
风吹过时，开始晕眩
为了让我两次踏进同一条河流，水真的
停了下来

一头撞进地球的后院，时间的后院
这样的后院，通向无限

真的什么都不要，什么东西都别再给我
我一个人在山涧
拥有一条溪水的形而上学

（选自《安徽文学》2023 年第 7 期）

栖落山谷

查结联

如一只钟情的候鸟
栖落山谷，如同栖落于
历史幽深的巷道
静观蝴蝶翩飞
阳光成熟的流苏
感染苍茫无际的林海
燃红枫叶
渐次荡漾的殷红之波
使人联想起屈老夫子《九歌》中
山鬼飘飞的秀发
遥想当年猎猎战旗
点染几许壮阔
漫山遍野的黄色沃土
种植无数英灵
脱俗的岩石包容一切
冻结所有冲动
远离繁华与喧嚣

沉湎于这博大精深的神秘
我亦成为自然世界又一
难以破译的密码

（选自诗集《诗江南》，安徽师范大学出版社，2023 年 6 月）

父亲的眼镜

余笑忠

父亲一生只用过一副眼镜
晚年，他专门请人拍下的一张照片上
他戴着的那副老花镜，黑边
那也是他唯一的一张
戴眼镜的照片。后来成为他的遗像
他从固定在墙上的位置
看着我们
兴许更清晰。兴许
一无所见，他只是回到
暗自做准备的那个时刻
他想起他的后事，那必然到来
而又无法预知的那一天
但又不能因为无法预知
而对越来越近的事实视而不见
他买了眼镜，为了看清眼下的事物
而当他起意为自己拍一张照片
一张戴上眼镜的照片
没准他想的是，除了后事所需，顺便
好好看一眼来世

（选自《十月》2023年第4期）

受宠若惊的孤独者

高　兴

诗人们纷纷离去

我多看了一眼枫桥
滞留于狂风大作的江南

暴雨随后袭来。孤独
随后袭来

震天动地的孤独
受宠若惊的孤独者

这一刻，古城像座
气势磅礴的皇家博物馆
只为我一人开放

（选自《星星》2023 年第 11 期）

人生大事

宗焕平

有时候，所谓人生大事
不过像一次次
突如其来的内急而已
每个人都会遭遇
事后想想，这无非是一块石头
空悬还是落地的问题
而这块空悬或者落地的石头
其实就是一块石头
其他什么也不是

（选自《新华诗叶》2023 年岁末号）

在阳台上

阿　毛

不出门的日子
我在阳台上待的时间更多
看盆置、树木、天空
听小鸟在樟树上叽叽喳喳
我追着太阳改变身姿
像轻风晃动光影
记忆碰响牵牛花藤的
蓝色铃铛、月光树脂、流苏
更日常的小瀑布
你胸口掀起的海浪和针
绕着哀悼珠宝里的发丝与眼泪
对楼不顾场合的欢乐颂里
小天使一手提着一颗巨大的心
一手举着细长的箭
飞行于耸立醒狮的梅花桩上方
而万顷烟霾中
我们活着
走在极寒中的钢丝上
……雾眼里有无尽悲伤

（选自《长江文艺》2023 年第 7 期）

疫中记

刘　川

庚子大疫
辽东友人
除夕诞下
第二胎

沈阳亲戚
九十二高龄
坐在马桶上
安详死去

还有一个邻家小伙
几次登记不成
拖延二十六天后
与未婚妻分手

庚子大疫
我毫发无损
坐在窗前，看无边夜色里
万家灯火与星空连成一片

（选自《北京文学》2023 年第 1 期）

英雄湾的傍晚

雨　田

只有在这里我才能体会到意味深长的味道
风与月亮仿佛隐身在暗夜的最深处　想象一下
是谁唤醒了乡村的沉睡　望着一片天空
我不想知道那些与自己无关的事物　也许
英雄湾的傍晚宛如世外桃源　像一幅油画

从古朴的李家大院出来　可能是我太傻
满脑子都是空空荡荡　甚至还有些失语
更何况这是在英雄湾　所有的修辞与想法
都将失去意义　而这里的鸟叫纯属天籁之音
我必须怀抱真理　回到自己的灵魂深处

也许在这个傍晚　我只是英雄湾的一位过客
有时候　也会令人想起一些庸俗的人或庸俗的事
我很显然地在反思现实与理想中的自己
对于那些依附在命运之上的错觉　只能谨慎
傍晚　我在英雄湾有始有终　更没有绝望……

（选自《星星·诗歌原创》2023 年第 12 期）

寻找石头

赵克红

昨天 我来到洛宁深山
枕着浓绿的寂静
却怎么也无法入睡
独自起身 我把房前屋后的
石头翻了一遍
终于找到了称心的一块
它不规则的身体
怎么也摆不稳当
如天地间多余的一物
试想当初谁在分娩它时
一定经受过巨痛
拿到手里 刚好填补住
我此刻心中的缝隙

（选自《渤海风》2023 年第 6 期）

夏日的光影里

武　稚

夏日的光影里，
果实成串。

如此地真实，
谜一样的事件和时间。

我们拥有相同的白天和黑夜，
而现在，似乎不能等量齐观。

我感叹季节的深厚，
也感叹季节，又一次在我心上
留下斑斓。

世界如此嘈杂，大概唯有树，
能够做到充实，自在。

大概唯有树，不谈命运，
只谈年少轻狂，
只谈恣意一场，
尽管它也曾残破不堪。

也许，我不该再在意，
不该再急躁，
不该将一些念头，

随意生出，
并且让风，传递很远。

（选自《草堂》2023年第10期）

横 店

王明远

还是没有雨
在一个巨大的烤箱里
人们忙着海选忙着跑组

鲜得不能再鲜的肉
油得不能再油腻的叔
都来这里追一个梦

横店
无论从哪一个方向看
山峦上那尊卧佛
都安静地注视着人间

一个盒饭，一颗烂桃
去赶一个午夜场
去赶一个造梦的天堂

卧佛没有寒暑
谁知，他几时禅定几时梦醒
几时会看这人间的戏一场又一场

（选自 2023 年 5 月 2 日“打工诗歌周刊”公众号）

右手摁住自己的心脏

王祥康

笨嘴笨舌，容易脸红
时不时把右手掌摁住心脏
数一数命运给身体的点点恩惠

常常回头看自己的脚印里
还剩下几滴童年的泪
还看住影子，不断修正向前的脚步

文盲的父亲把一堆轻松的笑
放在路上。我却没有力气
一一捡起装入口袋

两手空空。内心沉重
麻雀在树上想着远方的春天
我只呆呆看着麻雀

耳边的风不时提醒我
别人的幸福与自己千丝万缕
身体里的云彩要还给天空
换回一滴雨，留给下辈子

（选自《金山》2023 年第 10 期）

我在瓜熟蒂落的藤下

向 隅

我在瓜熟蒂落的藤下
想着以后的事

叶片黄郁，云朵舒淡
风一个劲地吹

我和它彼此对视，我们会不会相互嘲笑
对方的行为

一只蚂蚁钻进我的裤管，伺机开口
小东西，你得福了，我不能妄动，这是我的安静时刻

一只黑甲虫从树上重重地坠落
它的生命在我的一刻滑过

风在搜我，它要翻越多少枫叶才能找出丹红
我要过滤多少空气才能生成骨骼

在这漫漫的时间里，我一定做错了不少事
用错了不少力，走错了诸多方向。该有惩罚

虫食草叶，雪覆虫骸，这个世界平衡调和
在接下来的满天星斗里，我想做一个自己喜欢的人

（选自《诗刊》2023 年 3 月号）

我的心

杨柏榕

请把我的心，
带在你身边。
寒冷时，
它给你温暖；
孤独时，
它把你陪伴；
迷茫时，
它为你指点；
烦恼时，
它为你分担。

当你把它厌倦，
深感到它是负担，
想让它离开身边，
不要把它砸烂，
也不要将它阻拦，
让它回到主人的胸间，
安然地独自长眠。

（选自 2023 年 10 月 17 日《山西市场经济导报》）

在清晨挨着白茅坐下

郭宗忠

荇菜收拢黄色的小花
低垂的阳光是暖色的
薄雾凝视我
它们慢慢让清晨升起

一道草地上的光
明亮的鸟声，剥开灯芯草
一层蒙着安静的寂静
温的湖水洗亮眼睛

不需要更多
远离车水马龙
我的心会挨着白茅坐下
我血液里流着茅根的液汁

（选自《牡丹》2023 年第 6 期）

我突然拥有了宁静和空旷

张恩浩

沦为孤儿之后
我把所有的痛苦据为己有
站在空荡荡的人间
顾影自怜

通往黑夜的门虚掩着
逝去的亲人携带着珍稀的火种
正在赶往天堂谋生

他们，已经失去了牵挂
苦难，恩怨，也失去了
寒冷，恐惧，疼痛

当夜风吹灭了所有的灯光
我突然拥有了
硕大的宁静，和无边的空旷

（选自《星星·诗歌原创》2023 年 1 月号）

忽然之间

吕　游

忽然之间，路就走到了尽头
眼看着一个人一转身不见了踪影，像烟尘

忽然之间，就长大了
坏脾气像抻得太久的橡皮筋儿，失去了弹性

忽然之间，语言成了满地的垃圾
酝酿太久的台词，一张口都是空空的果皮

忽然之间，生无所恋
世界那么大，漫无目的地走着，与我无关

忽然之间，一只鸟想在眼睛里搭窝
太多的目光，都孵化成羽翼未丰的雏鸟

忽然之间，想到了你——
久未谋面的朋友，因为惦念，我还不能放下人间

（选自《诗选刊》2023 年第 8 期）

墓志铭

孙启泉

我活着，像一朵花苞在错愕中突然绽放
我去时，像一枚枚花瓣独自凋零
随着蜿蜒的流水
在粼粼波光中
鱼的争逐下
漂远，漂去
那是我最后慢下来的时光
走在岸边的人
请为我合掌，默诵！

（选自2023年4月4日“诗歌联谊”公众号“皖江诗潮·清明特刊”）

银杏树

方文竹

走的越多，遗失的就越多
流水和星群的余韵堆满人间
还能找回数亿年前的记忆吗
山风帮着卸下行李
就像现在，一站就是百年
脚趾伸入大地
一个流浪儿回到自己的家
不再走了，暗器却在静静地打磨
一个人静观春花秋月，长期生出伤感病
结出时间的白果，像一个笨小孩
没有多余的思想供自己挥霍
只能裸露未来的丰盈的感官
扑向无边的虚空
在黑暗的房间，我与自己争吵
一个人在风雨中打坐
一把孤独的古琴让天地弹奏

（选自《作家天地》2023 年第 11 期）

暮色就这样漫过了头顶

安海茵

暮色就这样漫过了头顶。
落雪的江堤在等，
月亮和一个人的剪影。
我的山河从未破碎过……
却还是轻轻伸出手来，想挽住你的。

每一阕骊歌都企图铭记落日，
这我是懂的。既然放任了云岚的脚，
沦陷了一万亩天空，
暗自庆幸，我还葆有我渡口的桥。

由此追溯至，正午时分的风，
不同流域的迥异旗语。
我就那样掀开玻璃房子的屋顶，
我想把你的花全都摘下来。

嘘，此刻是你的蓝色睡眠时间，
那些银色糖珠还痴迷于微凹的斜面。
我还想积攒更多的，可以吗？

拥抱一分钟吧，五分钟也行。
我们的手心里还攥着那些簇拥的糖珠儿，
我们一颗颗噙着，绝不伤身，
矢志把甜蜜悄悄完成。

（选自《雨花》2023 年第 7 期）

阳台上的什物

鲁　娟

几个极小的花盆
爆发出巨大的生命力
鼠尾草，薄荷，龟背竹，天竺葵
绿色的芽，绿色的闪电
流动成绿色的河流
绿色的火焰
我们的乡村，我们的童年
就那么轻而易举被它们模仿

当一天耗去我全部的精力
或我耗掉一天所有的光亮
磨损相持不下
空气隐隐不安
在这小小的一隅
这缝隙，那缝隙间
微光突然闪现
它们立即平衡了我
扭转了几乎快失败的一天

（选自《中国作家·文学版》2023 年第 3 期）

俳句：致蜗居

徐俊国

第一天。观察孔雀鱼。
第二天，研究昆虫，想到避债蛾。
许多事，要避的。

每天，对着镜子说“早安”，
孤独得险些脱臼。
昨天，早睡，睡不安稳。
梦见护士妹妹
教我识别梅花、桃花和樱花。
晨起，花枝入窗。
1 米的距离，恰恰好，
既礼貌，又有分寸感。

这些天，数字在爬坡。
钟摆很吃力。曲线成为地平线之前
如死神弯腰捡镰刀。

田野里，那么多树，
世界上，那么多人，
何时转过身来？
阴湿的那一面，见见阳光。

哪一天不是同一天？
有人向外求救，
也有人向内鞠躬。

（选自《特区文学·诗》2023 年第 4 期）

雨外的蔷薇

龚后雨

一滴雨，也无法依附
这支蔷薇，暗藏花蕾
开放在无遮无拦的山坡上
接受阳光，空气，形容词的正面
不高傲，也不卑微

最初是在五月，那一簇纯净的雨水
被蔷薇的光芒煮沸
翻山越岭，远远地
倾倒过来

而蔷薇的笑意漫不经心
正如婴孩留在雪地上的鞋纹
不带任何含义
它的枝条交织，缠绕的十指
方向不明

那么密集的雨，无能为力
也无法修正自己的思想
只能不断地从高处俯冲下来
只能注视近在咫尺的蔷薇
并接受伤害

（选自《作家天地》2023 年第 3 期）

有后缀的时间

崖丽娟

一枝玫瑰花，一段爱情
哪一样会更为长久？
问月亮，它羞得躲入云层
镜子里真实的影像，总是相反

时间都有后缀
比如皱纹，比如青丝变白发
比如握在她手心的半把木梳
断了齿。又比如
妆台胭脂，渐失了颜色

低头向那枝枯萎的玫瑰
也向被时间遗忘的后缀
爱情，尽可用来虚构命运
你正用，半生的笑
我反用，半生的哭

一阵鼓点紧擂胸腔，咚咚咚
敲响生命最薄的那堵墙壁
按压奔突狂跳的心脏
我将浪漫，深情，热烈
储存进心灵坚固的金库

玫瑰花忘记绽放到枯萎的过程

矜持击败行动，虚无认领思念
你在天街，打着——灯笼
我在云中，折叠——纸鹤

（选自《诗潮》2023 年第 11 期）

无题，或一位枪手的周五下午

赵宏杰

阳光突然一片片慢下来——
比一枚子弹离膛前的速度，要慢
比一名假想敌仓皇逃窜的速度，还要慢

枪手屏住呼吸，盘腿打坐于
班用轻机枪、狙击步枪、自动步枪和手枪中间
将它们一一拆开、肢解及至完全剥离
想方设法让整个情形变得七零八落

然后，再按相反方向重新整合——
是骨头的归于骨头
是血肉的归于血肉
是脾脏的归于脾脏
全部各就各位

恍惚中，他感觉自己也被装了进去
总会有一天，他也将把自己
痛痛快快地击发出去

（选自《人民文学》2023 年第 8 期）

晚　秋

徐春芳

几行竹影，几行雁字
无声的呼喊捉住了我的笔
夕阳的鹿角撞上空山
钟声在风中起伏

几滴旧雨观察着天空
皱缩的云彩如闹起了饥荒

流水的日子，月光的生活
寂寞是我常披的一件外套

往事已成一堆碎瓷片
蝴蝶的翅膀在上面折翼

（选自《中国作家·文学版》2023 年第 10 期）

时光之花

石玉坤

在灯下，灯光照见手背上的老年斑
呵，这枯萎的时光之花
着实让我心惊，霜结雪飞
白发也不请自来，就在那个瞬间
我突然发现自己老了

中年之后，我更倾心细微之物
新叶自喜，花蕾知足
虚心接受一株植物的教育
我学会抽掉内心的梯子，拆解
年少的空中楼阁

黄钟闭声，鲲鹏隐形，舍弃过
大悲大喜，对生活保持平静
收心做小事，写小诗
自以为勘破了世事的门道，懂得
窥一叶而知天下秋临

刚尝过苦辣，又感受酸咸
正想着伸手和命运较劲
怎么突然就老了呢，要感谢
岁月的馈赠，这突如其来的老年斑
给人生盖上一枚警醒的戳印

（选自《绿风》2023 年第 5 期）

一只白鹭出现在我中年的午后

欧阳健子

那一团美丽的洁白
便从空中飞扑过来
我在与生俱来的路上
看着头顶上无尽的蓝天
它在河流上空盘旋
那是黑夜里一道完美的闪电

我知道那是一只白鹭
出现在我中年的午后
陪伴我在人生的节点上一起一落
它飞翔的翅膀一半在空中
一半贴着大地和水面
就像我今后平凡的日子
一半怀抱梦想
一半脚踏实地

那跳动的洁白指引我前行
若干年后
我会变成一片闪光的草地
变成一条起伏的河流
让那些白鹭自由地回到故乡
不被篱笆刺伤翅膀
不在黑夜发出呻吟

（选自《中国作家》2023 年第 12 期）

太白岛高速公路服务区警示台

丁少国

这是一堆交通事故车的残骸
远望，像一尊颇具现代主义风格的雕塑

取消一切简约流畅的线
扭曲一切规整有序的面
它的狰狞，猛推我们进入当日案发现场
听到时间深处的一声尖叫

四只轮胎全部干瘪
显然已承受不住太多精神压力
这些年来，它一直代人受过

（选自《上海诗人》2023 年第 5 期）

敌　人

杜可风

这些年，我们各自修行，以风水修补
干瘪的花朵，骨感的现实

我们都是好人，耳垂日益饱满
印堂发亮，可是彼此仍无法交集

我的故人，和我的敌人
之间横亘着一粒小小的芥蒂

苍天悲悯众生的疾苦
季节却不放过亡命天涯的种子

草木的枯荣和世人的生离死别
竞相绽放，仿佛不知疲倦的风车
多少年了，我在轮子这头，你在那头

（选自《北京文学》2023 年第 3 期）

梨　花

陈　俊

谷林寺下的梨花年年开，有时开在上午
有时开在晚上，有时开在雨前，有时开在雨后

那一年，母亲的棺木抬到半山腰
我看到一朵梨花开在雨中

谷林寺下的梨花年年开
梨花，有人来，就举一片雪。无人来，就洒一地盐。
梨花，在乡下，结一片月光。在城里，结一颗泪水。

（选自《星火》2023 年第 3 期）

蚂蚁歌

王怀凌

我要写写这些蚂蚁
这些黑皮肤黄皮肤的蚁族
它们的细腰闪了一个时代的审美

小时候
多少寂寞的时光
我居高临下着它们搬运命运的太行王屋二山
阵容强大，纪律严明
我们一起度过了无数次暴风雨来临之前的至暗时刻

那时候土路，不像今天的水泥路面
路上也没有这么多飞驰的车辆
那时候的孩子多么自在
我没有长大，蚂蚁没有恐惧

（选自《星河》2023 年秋季卷）

给 予

云小九

两株老榆树枝繁叶茂
它处飘来的种子在古朴的院子里
落地，生根。四合院
这么多年它锁着
透过门缝观看
青苔遮住影壁墙原有的体面
瓦松坐在屋脊
一所院落
唯有风留下空响，我想它
并不介意揽着的是榆树还是桑树
它这些，坚定不移的老伙计
也不会介意我在门墩儿
坐上一坐，毕竟我们都有相似的孤独
一时半会儿，也挥霍不完

（选自《小诗界》2023 年第 1 季）

虚　构

罗　晖

不必问 就知道
迷恋是空的
月光总会如流水般走失
春天刚刚来临
又怎能预测秋天的果实
会降临到我的头上
假如你走了
我只想抓住身边的一些稻草
在山野，在海边
看亭台楼阁，听晚风吟唱

当我退回昨天
树枝上的新月
吐出了久违的香
断桥边，寒冷的冬季
重拾一丝闪电
这个时代，我们可以想象
大雁带回了暖意
虚构离我们到底还有多远

隐藏在山间的钟声
只有叫醒了我的挂念
时光才会变得安详

（选自《湛江文学》2023 年第 8 期）

生日辞

过德文

车辆，行人，广告牌关在窗外
我看见了他们，他们并不在意我
从书柜上取出《物种起源》
没翻几页觉得索然无味
又找到那本《人间词话》
还是进不了无我之境
点一支廉价的香烟
屋子里来回晃动，这样
一分一秒的日子，吞进去
又吐出来。名利，不过是
一缕轻薄的云烟。袅袅升起的
是摇摇晃晃的豪言壮语
烟灰缸里，装满了忏悔辞令
却找不到生命燃烧的意义
曾以为，老去很遥远
现在发现青春是很久以前的事情
翻看通讯录，删除已故的友人
去厨房给自己削了一个苹果
甜味让我稍微心安
柴米油盐的日常琐事可能
比股票、房产、人事的事更踏实
没有一天是完美的
生活，要有一点耐心

（选自2023年11月21日中国诗歌网“每日好诗”）

值班日

夜　鱼

旧得发黄的空调
咝咝喷着孱弱的热气
慢吞吞的电脑，缓缓呈现
缭乱的页面，真幸运
还能找到拟好的文档
窗外的老香樟最为体恤
在新年的阳光下抖擞着叶子
随时准备着再次绿进我的诗
我要感谢这些不变的事物
熟视多年，还能各在其位
在变换莫测的世界
在一场不为人知的悲痛之后
还能一如既往地迎接
我的凝视和发呆

（选自《星星》2023 年第 7 期）

约等于

程　峰

寒潮突然来广东搞事，约等于
北极熊冷不丁打了一次喷嚏

九龙湖的洋紫荆花瓣落一地，约等于
塞北的雪花飘了一夜

球道草尖上落的霜，约等于
故乡的床前明月光

深夜翻看微信朋友圈，约等于
流浪汉在找一个可以藏身的桥洞

收到一个“天冷加衣”的表情包，约等于
收到一件加厚的羽绒服

（选自诗集《山湖集》，武汉出版社 2023 年 9 月）

一　半

水晓得

一种契合
一种对等
一种行百里者半九十

一个姓水的憨憨
山阴道上，竟然遇见了一伙侠客
他们前辈子一定认识
一定是纵马戈壁，欣赏落日和胡杨
一定是泛舟青山下的湖上，听过小青和白娘子的吟唱

所有从未用过的暗语黑话
都能对上

其实也未必发声
那熟悉的笑容，把语言都代换
就是品一口酱香
相信在口腔、食管、血液中，燃烧的火是一模一样

（选自《大河诗歌》2023 年第 4 期）

霜 降

陈荣来

卸下收成，蒹葭就白了头
一年剩下来的日子
总不能打发着过

你看，从北方飞过来的鸟儿
只歇会儿脚
又扑打着翅膀往南飞

我也得要出一趟远门
趁秋声将尽未尽，趁霜花
尚未凝结成冰

穿堂风，就那么吹着
天空更寥廓了
人间还是老样子

（选自《诗歌月刊》2023 年第 2 期）

第四辑

神与物游

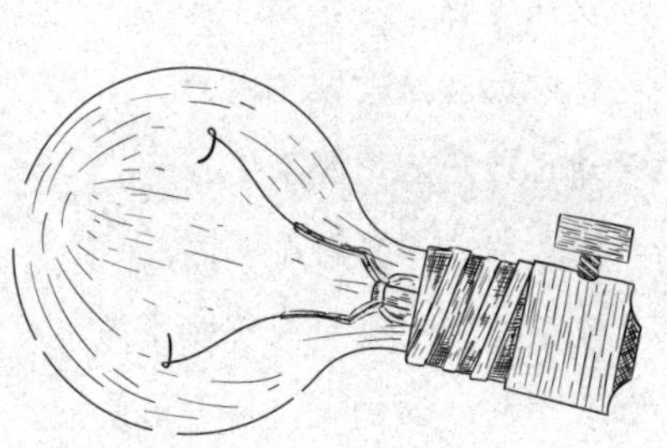

在呼伦贝尔草原看星空

于　坚

康德在时　常念及
“星空　因其寥廓而深邃
让我们仰望和敬畏
道德　因其庄严而圣洁
值得我们一生持守”
居市日久　这模糊不清的穹顶
早已遗忘　为学日益　为道
日损　文明进步　大地日远
今夜在呼伦贝尔草原
巴特尔大叔家的蒙古包外
席地　野茫茫　星宫在上
宇宙大教堂　寥廓而深邃
星座横亘如七世纪长安之宴席
如古罗马之通阙　人生不相见
动如参与商　杜甫是水瓶座
李白是长庚星　但丁是狮子座
诸神和光同尘　摇曳如烛火
照亮黑暗之脸　“金樽清酒
斗十千　玉盘珍羞直万钱
停杯投箸不能食　拔剑四顾
心茫然”　流星的尸骸埋进草原
背后　一匹马站着　垂尾不动
像是呼伦贝尔之伊曼努尔·康德

（选自《草原》2023 年第 9 期）

平衡的艺术

刘笑伟

衡山，宛若一架天平
绵延数百里。衡阳之美，重在平衡
一边是蒸水，另一边必须是耒水
江水才是平衡的
一边是石鼓山，一边必须是曲兰镇
学问才是平衡的
一边是来雁塔，一边至少有东洲岛
景色才是平衡的

湘水澄澈，芳草萋萋
在船山书院，披着夕阳与水色漫步
煌煌八百万言的著作放在一边
哲学与文学的天平必然是失衡的
除非在天平的另一侧
摆上衡山的七十二峰
或许，还可以加上
我的一册薄薄的军旅诗

（选自《中国作家》文学版 2023 年第 8 期）

不可模仿

臧　棣

现场回荡着
在别的地方不可能听到的
天籁。高傲但是单纯，
雪白的感染力也是如此。
也许就是因为这个缘故，
你开始多于你的自身，
你的身体里不只有一个听者。
一时间，有点搞不清
这是达里诺尔湖的左岸，还是右岸。
鹅黄的芦苇像静止的火，
同样，不止是很悦目。
朋友来自当地，但口音已经突变——
那不是鸿雁，体形有点像，
但它们是斑头雁。头顶上的两道
黑纹横斑，既是对天敌的迷惑，
也是对潜在的知音的召唤。
就不用费尽心机了。我们不可能是
它们的同类。它们的优美
严格于观看的本意，它们的警惕
多于世界的误会。
它们只模仿它们自己的记忆——
如果能活得足够长久，
你会慢慢理解这一点的。

（选自《安徽文学》2023 年第 5 期）

茶

梁鸿鹰

背负各种命名
并不意味着可以规避众口难调
才接受大自然考验
又被流散命运所拨弄
不得不流入一嘴嘴舌头间
被迫接受检阅
亦或忽略
在人们设定的秩序里茫然

我想抽空吃杯红茶
隐忍
以及表达失意
即使昔日青草不再
也想在唇齿间找到矿脉
寻别样的小路
不惧纤维被抽去水
于无所保留的空间里回望穿心箭

（选自《扬子江诗刊》2023 年第 6 期）

美发店里的水族箱

陆　健

造型美观的水族箱，象征这里
将会财源广进，象征生活的富足

水缸盖半开。光照度，背景图
充氧器，循环系统堪称完美
像是鱼儿们也不免感恩造物

红箭游得比快还快。鳍尾有力
燕鱼悠闲，像对镜摆弄着它的花裙

但能看见几丝针尖般的亮点
那是几个蜉蝣似的鱼苗
慌乱躲闪在浓密的绿草中

红箭、燕鱼畅快呼吸着的口唇
正是它们的深渊。原来祥和幸福

并非真相，并非全部。半埋在
细沙中的海螺壳，与
生命中的它自己也已相忘于江湖

我像一个刚被剃了平头的上帝
凑近了再看。像看一个貌似
美丽的世界那样，再看

我的惬意，并不总多于
一些鱼的惬意。我的危险
也不总多于一些鱼的危险

（选自《星星》2023 年第 2 期）

玉局峰

宋　琳

峰顶一侧，积雪闪耀。太阳在抽丝，
一会儿它升了起来：一朵望夫云。
我熟悉它的传说：
“女望夫不至，忧郁以死，其精气化为云。”
《山海经》的本地版本，一次改写，或仅属于同源。
人们依旧生活在神话中，在这里是真实的。
妇女们总是边干活边等待，男人时常一去不回，
像那个会飞的人物，被更高的法术征服。
夏天我们去山上采摘蘑菇，沿着徐霞客走过的古道，
或跟随马帮进入林中。泉水从岩石里渗出，
细如泪腺，整座小城的人靠它活着。
没有别的神眷顾，小神龛里的土地爷，
慈祥的脸被香火熏黑。旧俗之美被遗忘在乡间。
在刻着“禹穴”的巨石下面，黑龙潭清澈见底。
我们坐下来，像《溪山行旅图》中的人
回望着来路。洱海。我们仿佛单细胞的物种，
经过一亿年的浸泡，刚刚爬上岸来，学会了行走。
午后，西窗明媚，峡谷逶迤而上，气势憾人。
烧水时，我总要站在窗前抬头仰望那高处，
那隆起的山脊。当又一朵云升起，
一道探望的目光从树梢上方飘来，
倏忽而逝。是在敦促我吗？——“思无怠！”

（选自《延河》2023 年第 4 期）

梨花图卷

题杭州野秀陶园

缪克构

梨花中有旧气
许以雨中的梦，梦中的雨
在陶园中造一座庵
住一年一度的梨花
其实是住梦中的人，梦中人的梦
于是，灯笼中有旧气
雨染了一层，花染了一层
古琴氤氲时，又染了一层
今夜的梦，又该是她的旧巢了吧

梨花，来自墙上的唐宋
梨庵迁自莫干山中
被拆散又聚拢的木头、砖瓦
就要立得高一些
垫上远山运来的石头衬托高冷
树上的梨花就这样与目光平视了
而空中的梨花雨
而地上的梨花落
又在歌诗中登高了一层

（选自《星星·诗歌原创》2023 年第 3 期）

牡蛎墙

沈 苇

陡立的海
向“头顶的花园”
微微致意——

入曲折小巷
在听力深处挖——
挖出逃逸的肉身
起落的潮音……

用腥风和盐粒
为几截残墙
和老榕树的胡须
写一首暖阳之诗吧

“吃一口深渊里的小鲜肉，
竖一处龟蛇同体的吞海碑……”

空空如也，如你手握
半枚沧海桑田的壳

——它，不是遗骨
只是石化的悼词
一座打捞起来的孤坟

（选自《上海文学》2023年第9期）

石头的宇宙

王幅明

地球上有多少巨石阵
仿佛从天外飞来
久久沉默，永不言说
其中的故事已无法破解

最早的人类文明藏在石头里
史学家称之石器时代
在数百万年的历史长河里
人类用石器取火、狩猎

最早的文字写在石头上
最早的绘画刻在石头上
祖先发现了石头的神性
雕刻成像，辟邪镇宅

道德写在玉上
温润如玉，玉来自石头
意志写在磐上
坚如磐石，磐即巨石

爱情、财富与权势写在钻上
钻来自金刚石，石头的极品
经过地表千万年的历练
象征坚强、忠贞与永恒

不要害怕别人说
你是一块顽石
顽石考验人的定力
顽石与灵石，只在一念之间

（选自 2023 年 3 月 26 日《郑州日报》郑风副刊）

辰光包裹在秋风里

齐冬平

空间是辰光的一根轴线
拉长的不仅是距离
裹在秋天的童话里飞行
更是增添莫名的惆怅和思绪

云朵镶嵌在蓝天，一动不动
像北方晒太阳的老人
固执，顽皮，又有些童真
往事涌起，与绿皮火车一同到达

辰光包裹在秋风里
温柔地，轻松地，随心而动
蓝月亮相伴，一路跳跃
在飞驰的车窗上眨着眼睛
此时，一场大雨洒落
一个人，默默地走进巷子里

（选自《流火》2023 年第 3 期）

玛曲小憩

三色堇

秋雨中的玛曲有些凉意
这里到处都是牛的味道，羊的味道
对于一个素食主义者
只有圣洁的云朵属于我
马背上的骑手那么英俊，年轻
他带来了草原的消息和欢悦的哨声
我对着那一扇扇雕花的窗口
递出急促的心跳
我将一本昌耀诗集揣在怀里
当作我今夜取暖的灯火
而玛曲小镇街边的一把小银梳
与我一同挤在时间的残片里
我与友人反复确认，触摸
它的纹理，雕花，色泽，质地
一定有故事留在了它的内部
像是被遗忘的一段历史
亦像是我不敢怀念的一位友人

（选自《星星》诗刊 2023 年第 10 期）

没有白云的蓝天显得孤寂

马进思

太阳正高，第一个影子都被挤压
长短似乎很少关注
重要的是无论守望或前行
不会犹豫，沉默追随

没有白云的蓝天显得孤寂
阳光过于热情也找不见属于自己的影子
羡慕任何一只鸟雀的翅膀留下灵动的图案

枫叶的红在凋落，槐树的黄也在凋落
丰茂的草变得枯萎
颜色渲染，影子的灰色惊人统一

风吹不走，时光也带不走
阴天，雨雪，短暂隐藏

唯有太阳，月亮，甚至一盏昏黄的灯光
跟随的影子始终不离不弃

（选自《中国校园文学》2023 年 7 月青春号）

白 堤

孙 思

周围那么多人
我的世界始终沉默，眼前晃动的是从前的你
一身清朗，眉目安祥

此刻下雨了，以白堤为圆心
向远方层层蔓延

身旁空出的地方
只能取一点意象，让想象延伸

风迎面吹过，那些堤上的树
不想被拷问，一起转头
面向湖水

中午雨停了，西湖已经湿透
往昔，正站在云水之上

（选自《十月》2023 年第 2 期）

湖水与密令

孙启放

鸟鸣中必有密令——湖水的腥味
连同一支芦苇的折腰；
风吹去七分杨絮，水花
溅及第九级石阶，密蜂振颤的翅膀
偏转三个丝米——犹如打包
浑然的，不可分之物，竟然是
敞开的；又蓄含了
不可抗的排斥：仿佛水的密闭之于油珠。
从青叶到轻霜，从云到泥
无数次幻觉的来回。
这五湖之末的湖光中
孤悬如赤胆；
一瞬中，似瞥见了世间之所以万象。

（选自《三峡文学》2023 年第 4 期）

根雕与一只孤独的鹰

剑　男

案几上摆着一棵老树桩
一只孤鹰正从树桩的上面呼之欲出
枯干的树桩，由于生前被深埋
它上面伸出部分，有着飞翔的欲望
雕刻者正在帮助它实现
生前的梦想，但一只鹰如何从
一截枯死的木头中复生
雕刻者又如何平衡它的羽毛之轻和
生命之重，我看见最锋利的刀
和最凌厉的切割，树桩
在千刀万剐后逐渐显出了鹰的形状
最轻盈部分遭受了最重的砍削
也经过最长时间的雕琢
似乎自由之翅，必须经过生命的大痛苦
才能剔除自身的辎重脱胎而生

（选自《福建文学》2023 年第 7 期）

清水中的筷子

陈巨飞

筷子是抵达味蕾的
两座小桥。当它恭敬地站在碗中，
就成了一件竹雕，
清水给它披上薄纱。此时，
星空荡漾，飞蛾与烛光擦肩，
仿佛谁也不曾得罪。

仿佛给另一个空间打电话。
——这部细长的手机，试图拨通
天上的号码。
有时，筷子克服引力，
飞身而去，送一封加急邮件。
有时，成为倒下的立柱——

让母亲们用虔敬来续费，扶起
人生中粗重的感叹。
可线路还是那么拥挤——
信号薄弱，灯火摇晃。发烧的人
看见筷子一根根地回到竹子，
回到虚空、轻盈的肉身。

（选自《北京文学》2023 年第 9 期）

蝴蝶与老松

心　亦

看一枝独秀
落花重回枝头
蝴蝶斑斓，色鲜欲滴
远山不远，黄昏细水长流

植物大都每年枯一次
来年复活如初
雨声不枯，翠色如注

松果风烛残年，依然铠甲裹身
就让风涛声，惊落万千松针
落入无人之境，无我之境

老松躯干一身沧桑
而裂缝里住满了阳光之影
松子，跟着赶山人跑进了集市
虚构余生

（选自《诗歌月刊》2023 年第 5 期）

大山的面具

赵兴高

1

花朵盛开时，所有人的脸
都盛开了，因为草的缘故
牧人和牛羊
都热爱起这个夏天来

风是我们共同的语言
月光下，水塘边
我们对坐着
风吹过来，又吹过去

木头藏不住身体里的火
小河藏不住浪花里的歌

风吹草低
风什么都说了
或什么都没说

2

大雪覆盖下的毡房
像是云的影子，落在山凹
坐着，我听见风的靴子
踩在积雪上的声音

牧场退回栅栏
山路退进门槛

白天躲进黑夜
寒冷融入酒香

我听见一个声音在歌唱
让风，吹暖冻僵的火焰

大雪封山的日子里
牧人的心
是最温暖的毡房

（选自《北方文学》2023年第12期）

闪电

李　成

人们问我
为什么我的诗里有这么多
——闪电
我回答
因为生活是无边无际的
——黑夜

人们问我
这么多闪电要照亮谁
我回答
——我自己
除了森林里一片片缤纷的绿叶

人们问我
当犁铧划过大地将如何
我回答
那也是闪电
且划过后　地上就鲜花开遍

人们问我
闪电过了怎样
我笑道：
要么是永恒的寂寞
要么是明天——

（选自《诗林》2023 年第 5 期）

新　绿

李丽红

一片新叶
挂在高高的枝枝上迎风招展
像是见我后　生发的喜悦
其实不然
观察了一会儿才明白
见到谁
它都这样

（选自 2023 年 12 月 18 日“抵达”公众号）

观曾巩纪念馆

李增瑞

两个朝代的大筛
筛出八颗明珠
这一颗闪烁在南丰
也是世人仰望的高度

唐宋八大家
绝不是普通称谓
它穿透时空的灵光
钟毓天下神秀

我知道，万物皆有先生、先逝
但也有灵魂不死，精神永续
或许此时，我感受到的思想拔节的声音
就缘自您，从不沉睡的诗句

噢，南丰先生
您先生，也先逝
只是别人化成腐土
您站立成高耸的塑像
有永世鲜活的灵魂
被永恒的心弦拨动

（选自《海淀文艺》2023 年第 4 期）

凝视桃花

王爱红

桃花在飞
桃花在旋转

勤劳的蜜蜂
在收集春日的阳光
拨弄花蕊
桃花的琴键

一只蝴蝶
像迷茫的流浪的孩子
犹豫彷徨
她扇动着优雅的翅膀
仿佛在寻觅着什么

桃花桃花
居然收留了一个
像醉汉一样的瓢虫

希望奉献世界上最甜的蜜
却在不经意间收获了一树桃子

（选自《浏阳河》2023年第2期）

赶 集

孤 城

剩雪被阳光擦得锃亮。无尽芦苇，
集体站成接天的枯笔。
在风看来，草木从未停止挣扎。

那么多鸟雀，在远天集结、盘桓、旋转。
模仿灰烬，
似要找回初时——那团火焰的形状。

又随缘四散，在冰湖行走，浮游。
水天平摊，向晚，
如图穷。

这些年，
野火翻译出的芦苇荡，囤在沉默里。
浩荡有开阔的去处。
心已清场，
几乎赶不上，黄河入海口，
这场
聚众的豪情。

（选自《诗刊》2023 年第 15 期）

大雁塔

胡玉枝

暮秋的雨已有微微寒意
在湿滑的地面上
趔趄了一下
所有的仰慕和想象
都打了结

空空地爬上去
透过窗眺望　四周
和远方
古都繁华依旧　只是
没看到贝多罗树叶和舍利
也没听到雁鸣和雁落的声音
那些题名和诗句
斜落在曲江

虔诚地绕塔三匝
一步一吟
和砖缝里的无形
唱和般若
菩提树开满了花

（选自 2023 年 4 月 25 日《海口日报》）

火山岩上

单永珍

没有死去活来的爱
这褐色的皮肤没有这么肥

可以在荔枝树下虚构典故
也可以用黄皮疗治我失败的爱

谁不曾沧桑
谁不曾江山十里

我轰轰烈烈于黑暗
我半生啼血于光明

可以不带钱财，但不能少了爱
把苦涩留我，甩手一幅甜的水墨

火山岩上
54个坐化的肉身，54座雕像

（选自《星星·诗歌理论》2023年第7期）

我想写一场大雪

蓝　珊

我想写一场大雪
和雪中的琴声
我想写一只鸟
和光秃秃的树枝
我想写一阵风
和即将飘落的枯叶
我想写盖满白雪的汽车
和冷风中安静行走的人

他们都在静止中聆听
又在行进中找寻着目标

寒冷如同一匹黑色的小马
打着响鼻，朝你飞奔而来
大雪覆盖了一切
世界正在经受考验

此时，教堂的钟声响起
赞美诗在燃烧

（选自 2023 年 12 月 11 日“顶端”公众号）

一本旧书

段新强

夹杂在书架上，犹如被我
淡忘的一沓往事
不薄，不厚，恰好地插在
时光的间隙里

它存在于我的生活
似有，似无——多么恰好的存在
落在书上的些许灰尘，也是
似有似无得正好

它如此存在的样子，多像当初
趴在生活角落里的我
多像，依旧被一双虚无又真实的小手
牢牢捧着

无需再一页一页地翻开
我只要它，如此依旧的存在
存在于我无尽的空虚
或者劳碌

（选自《青海湖》2023 年第 4 期）

小浪底

余子愚

你所见到的小浪底，和我不一样
登上坝顶的路，没有捷径
远观和走近，各不相同

三根不锈钢柱子，撑起黑色雕塑
我宁愿相信那是真正的石头
吊桥晃动，我左右摇摆

一只水鸟潜入水中
不理会我们的讨论
野草随风起伏，让我想起家乡

红叶林，不知名的树木，几块顽石
不如酸枣树让我们挂念
可望不可即的，红通通的枣

水面和谐，无风无浪，无巨大轰鸣
我遥望一棵披红挂彩的树，致敬之后
乘车远离，一碗豆花填补空虚的身心

（选自《牡丹》2023 年第 7 期）

边　界

蒋宜茂

偶见肥硕的蚯蚓
在石板路上爬行拼争。

厌倦了埃土黄泉，
或被同类挤兑。
游离疏松泥尘，
越过耕耘边界，
迷途难返。

我俯身助它重回草丛，
却仍留恋光洁的石板，
扭腰侧转。
殊不知公平的骄阳
终会把躺平的身躯烘干。

（选自《大河》2023 年第 3 期）

每只飞鸟都有体面的葬礼

邱红根

这些灵动的、调皮的、饶舌的
都是些演说家。
它们喜群居。如此浩繁自成生态系统

常常呼朋引伴
像一阵风落在树梢、屋顶、山坡、公园
带着露水行走或者觅食

整个夏天，我隔空观察它们
这各种颜色，各种体态，各种种类的鸟
偶尔也和它们对视
它们对我没有戒心。它们从我柔和的眼睛里
读出了善意

它们当然也有疾病，也会衰老
也会非正常死亡
但我却从未见到过一只鸟的尸体

在这个早晨
它们让我无端地生出祝福
我确信，每一只飞鸟都有一个温暖的家
每一只飞鸟
最后都有体面的葬礼

（选自《飞天》2023年第11期）

稻草人

杨　荟

几个稻草人
杵在稻田里吵吵嚷嚷
声音尖利如妇人
一个借着东风说西风
一个借着南腔说北调
一个穿上衣裳　躲避自己的形象
一个使木头桩子成为伸长的胳膊
试图把麻雀从天空中拽下来
他们从不把自己当成一堆稻草
众口一词的承认为人
且在每个稻穗低头的黄昏
窃窃私语着
骗取过路人的灵魂

（选自《中华辞赋》2023 年第 11 期）

圆 木

盛 艳

暮色是有形状的
圆形的像锅盖一样
下午，第一波孩子涌出小学
冬天就有了颜色
夏天的时候，我和你
骑电动车追夕阳
梧桐的种子扑进眼里
立在桥上，揉眼睛
看火红的圆球
燃烧着落入黝黑的树林
知了闹哄哄的，荷花漫出池塘
伸手摇它的茎，莲蓬是空的
黑洞洞的，有人取走它的饱满
夏天的时候怕什么呢
取走了还有一茬一茬的花
除非在深秋，一阵夜风刮起
它就黄萎成一塘皱褶
太阳直直地掉进去。
没嫁接过的法国梧桐被挖走
大地落了牙齿了

（选自诗集《山湖集》，武汉出版社 2023 年 9 月）

纸的花

张脉峰

科技与网络征服着世界
我保持着用笔写诗的习惯
拿起放下，放下拿起
思绪如麻，无从下笔

你已离开多日
春天被你带走了，秋天被你带走了
心里空落落的，像这一张张
铺在书桌上的白纸

你走的那一天是个晴天
知道走了就再不会回来
还有许多事情你我决定不了
还有许多事情你我无法改变
强忍着自己，不流泪
山无色，水无声

我会把给你的句句行行
写在这张纸上，并折叠成
一朵一朵纯粹的花儿
让诗伴你，日夜盛开

（选自诗集《心游万仞》，大众音像出版社 2023 年 12 月）

把事物放在合适的位置

熊　曼

让白色和黑色待在一起
出现在女人的装扮上
装扮出现在大街上
让星星和夜空待在一起
星星有闪烁的权利
不被乌云遮蔽的权利
让河流只是河流
只负责静静地流淌
而不是别的什么容器
让孩子回到妈妈身边
请给予妈妈适当的爱
并以此呼唤出更多的爱

（选自《山西文学》2023 年第 1 期）

无花果

大 枪

这样的设计是完整的，无需在花期前做祷告
大风可以自由穿行而不至于为花瓣掉落
承受道义上的谴责，它是无花的孩子
无论怎么正名都会被蜜蜂当成一生的公敌
没有人为一株不开花的植物送上甜言蜜语
它在百花开放的时候完成一部孤独的
植物史的书写，如果是一个哲人，会把
拥有绝对的孤独当作幸福，可以肯定
直到现在我都不是，过早失去父亲
让我同样无法拥有开放花瓣的权利
我——无花果，两个不需要色彩修饰的裸词
就这样爱上黑暗的孤独，我曾以此向地底下
完成腐烂的父亲讲和，那个总是和我
呈现在一个空间两极的乡村理发师
他用“仇人”为他瘦小不羁的儿子冠名
我对他不会有起码的歌颂，我把不开花
作为基因记在他头上，完成这些需要感谢身边
这棵无花果树带来的感应，在第 12 次流感
还能想起以上种种，不仅仅因为今天天气晴朗

（选自《江南诗》2023 年第 5 期）

梦　境

马占祥

空着的椅子上，有人留下花朵。
我没看到你的草地。
白皮松伸出来空空的手
——云朵实在太远，它抓不住影子。

有两只怀旧的喜鹊，
家园里的枯枝，
在去年放弃了自己的果实。

我在巨大的湖水中，
遇到几个没有姓名的鱼虾
——整片水，盛着天空。

一个接一个的城市在山脚铺开，
山上，是等待命运的羊群。

（选自《诗刊》2023 年第 7 期）

易碎品

阿　仁

月色太薄
稀疏的鸟鸣坠落水中
波光送走藏着信件的人
我在秋的背影里
找到弦的形态

请昙花慢些铺进一个梦
看它三面潮起
百年水逝

（选自《诗林》2023 年第 4 期）

小　雪

蓝雪花

风清日。月亮纵马归山
楼群获得纱衣和训诫

天地洁白，眼眶里取水
雏菊借来的少年，乡音般柔软

灯醒时，一座城在沉吟
我勾勒梦，等待一棵树的天国
封印

（选自《青海湖》2023年2月号下半月刊）

一点之间

李新新

差一点点，蛋会孵出小鸡
蚕蛹蜕变为蝶

差一点点，只差一点点
幸运之神垂青，寒门走出贵子

差一点点，爱情酝酿成蜜
才华与红颜结出硕果

差一点点，衣锦能还乡
江东不再流传英雄的遗憾

差一点点，永远只差一点点
上帝误入幻境，命运豁出口子

差一点点，就差一点点
雕栏玉砌文起波澜，思想的星子熠熠闪光

差一点点。生命就在这一点点之间
跳跃，往复，直至堆叠出
厚厚的质感

（选自诗集《蹲守在风的眼睛》，人民日报出版社 2023 年 11 月）

从一只鸟说起

朵　而

我们惊讶于自己坚硬外壳下
依然发质柔软，举止谦逊
陌生是个好词
就好像眼前不知名的鸟
落在浅滩，牠有牠的难处
是，保持距离。

埋入一半泥沙，旧船
发出芦苇的叫唤声
那“孤独”没有偏旁
就好像你习惯站在风里
无需知道茂密来自何处。

（选自《诗潮》2023 年第 2 期）

落单的白鹭

夏　青

柳树被风吹得过于潦草
细枝在冰面上学写字
或许是用力过度
断枝被冻在河面，像鞭痕

春的气息临近
那些抽打的伤，很快将沉入河底
成为睡莲的温床

我最爱看白鹭围着水牛旋转
扑闪扑闪的白，蝶般飞舞

一只落单的小白鹭
在河边照镜子
脖子一伸一缩啄自己
细长的腿脚在风中枯柳枝般
久久不能站稳
风一吹，倒影碎满了河面

（选自《扬子江诗刊》2023 年第 6 期）

素色的塔

杨戈平

有多个几乎失去创造力的傍晚
爬到鳌峰的制高点
野花含泪阻断了流经的河流

其实，即便远处有一座桥梁
也没有什么地方可去
特别是对于诗人
进餐前必须寻到竹笋和蕨，以及
用于烹饪它们的意象

素色的塔
唆使名词、动词和形容词疯长
这场夜宴从道路的尽头开始
于零乱卷发包围的舌尖结束

（选自《文学天地·湘江诗歌》2023 年第 1 期）

落 叶

君 琴

秋风扫过中心广场的风景林
飞舞的落叶，与我有相似的掌纹
它们各自飘零，碰撞又重叠着
像要掩饰，卑微之心
它们又是幸运的
比我更早抵达，生命的本质

想一想，有多少轻率的雨点
被它们，无声地原谅
它们纵横的脉络
与大地之上，交错的道路何等相似
它们掩饰的那一半
皆因对于世界的谦卑之心
——毕竟，它们曾绿得那么幽静
如今，又红得那么动魄惊心

（选自《延安文学》2023 年第 1 期）

秋浦河

方　严

山熟睡在丽水里
鸟鸣猿啸，扰醒一场好梦
船走清波，在诗情的掌上激扬
李白那潇洒的侠影
将一河波光粼粼的春色拉得那样悠长

酒入喉，十七首歌泼墨而下
欲去云巅上，与天比狂
你在风霜里吟哦，在弯曲的河流舞出白练
云天太难攀，即刻漂去尘里的乡心
把余兴托付给这片皖山秀水

当我在更轻的舟里
朗诵你的诗篇
虽无酒可饮，但
每一片水花
每一转涛声
都忆想起你每一页的浪漫

（选自《草原》2023 年第 12 期）

先把东风用完

王爱民

树让出一个座位
鞋让出一条道路
相见让出怀念

先把东风用完
再交出手里的西风
风里的哭声

时间空出一半
一半是春山的空
另一半是回来的小径

细浪一样地活着
一场场雨
都会从眼眶里回来

（选自《诗龙门》2023 年秋冬卷）

一棵树

成　颖

从暮晚的落叶开始
忽然觉得
自己是一棵树，发出的声音
如行人匆匆走过

彼此都很紧张，落叶间
看见了流水
它的空无里，有夕阳的影子
自然和我

从绿的光鲜到枯萎，中间
像是一条
急喘的河流，一条辨不清的
来路与归途

我看见褐色叶子落在脚下
多像我身上
刚长出来的那一部分

（选自《作家天地》2023年第10期）

第五辑

记住乡愁

说着方言的村庄

曹　旭

我村庄的
每一朵花、每一棵草、每一片天
以及每一个
穿花衬衫村妇的笑靥
都在灿烂的阳光下
说着方言

正如我远归
带着乡音的渴念
我远远望见
三星村的白墙黛瓦
在丹金河的臂弯里蜿蜒
我望见田野上
花朵嘟起红嘴唇
争相亲吻春天

童年的村庄并不远
少小离家的我
一路舞蹈着走向村前
我们的村庄有狗吠
河对面的人家
狗吠也是一道风景线
我们的屋顶上有风筝
县城那边人家

有袅袅的炊烟

村与村、村与县
紧密相连
相连的还有屋脊上的炊烟
和风筝般飘荡的方言

（选自《上海诗人》2023 年第 3 期）

老　屋

曲　近

上天眨了一下眼
人间已过半个世纪
五十多年后回到老屋
我们彼此陌生，互不相认
长久地打量对视
空气有点窒息
环顾四壁一片灰暗
墙缝里挤进来的一缕光
射中了墙角的蛛网
我心里轻轻喊一声
故乡，我回来了
纷纷震落的尘埃
唤醒我曾经的卑微
终于，我们互相认出了彼此
世间事，都将尘埃落定

（选自《绿洲》2023 年第 6 期）

母亲的名字如星辰闪亮

王　山

我的母亲崔瑞芳
把我抱在了她名字的中央
对于所有的儿女
母亲的名字永远是
最后的依靠
没有计算的爱
不可替代的温暖慈祥

多年以后
家里的户口本上
没有了母亲的名字
夏日的夜晚
天下的母亲
那些随风而去的名字
如星辰闪亮

（选自 2023 年 5 月 15 日《南宁日报》）

最美的秋天

高金光

在中原腹地，一条乡间道路
几乎被玉米全部占领
几乎被侍弄玉米的农人全部占领
除了天空的高与蓝
视野里尽是玉米的景象

一堆一堆的玉米穗是金黄的
一席一席的玉米粒是金黄的
它们与农人脸上的肤色相一致
与接近傍晚时分太阳的光线相一致
与田野里玉米秆上的叶子相一致

我特别留意
那些还矗立在田野里的玉米
已经卸下果实的它们
像刚刚分娩的少妇，含着娇羞

误入这条道路
我走得非常小心
又走得非常开心
像在检阅玉米的阵容
像在接受秋天的馈赠

（选自2023年9月20日《河南日报》）

退行的火车

王计兵

我坐在背对行驶方向的座位上
以退行的方式回家
以火车的速度退向父母
仿佛生活的一次退货
一个不被异乡接收的中年人
被退回故乡
另一列火车
在我体内，也在全速后退
仿佛看不见的马群
它们踩得大地震动
从远方而来
犹如滚滚雷声
我不躲闪
它们也会绕过我
当我置身于马群中间时
马群集体嘶鸣

四蹄腾空
退行的火车不断地加速
所有的事物都在尖叫
一切都变得柔软，晶莹
易碎

（选自《草原》2023 年第 6 期）

无法对酌

王小林

父亲，您走得太早了
那时我刚参加工作
第一个月工资还没领到手
说好了拿这份微薄的薪资
请您喝一杯
但是，您没给我这个机会

我只用了更少的部分
买了一瓶
在守灵的三个晚上
每晚斟上三杯
对着您的灵肉，按风俗洒上
您出殡的那天
在停棺的操场上，再洒三杯
然后上了祖坟山，又洒三杯
您就永远躺在那块不到两平方米的荒地
一瓶酒还没喝完

父亲，您就这么吝啬
还是您真的已经不胜酒力了

（选自《诗林》2023 年第 1 期）

返回我农民的身份

罗鹿鸣

踏上曾经踏过的路径
踩进曾经踩过的水田
复习面朝黄土背朝天的姿势
向水稻靠近，再靠近
向这活命之物，鞠躬致敬

禾束以低垂表现成熟
被我左手抓捏得很紧很紧
镰刀的弯月降低身段
以利刃的语言，说服禾穗
与稻田脱离了依附关系

右脚踩着打稻机，双手紧握的禾把
被滚筒硬性脱粒，打稻机的轰唱
掩盖了俄乌战争的枪炮之声
脱离了禾秆的稻子，称之为稻谷或谷粒
这些分离主义者被煮成米饭
一头敦厚的猪，成为饭香的祭品

几只山斑鸠的幼鸟，啄食到谷粒
麻雀们为过冬，一粒一粒储备势力
黄嘴黑身的乌鸫，寄生颓竹的秋蝉
向劳作的人们不时聒噪、嚣鸣
惊起的白鹭，向着恬静的水域前进

重返稻田，返回我农民的身份
再次强调一个农民的勤劳与实诚
向稻田，向大地，掏出汗水
我多么想化身为一亿亿亩稻谷
让天下的鸟雀安心，让所有的虫豸续命
唉，稻谷们纵有万千的爱心与悲悯
也解救不了饥渴已久的人心

（选自《文学天地·湘江诗歌》2023 年第 4 期）

秋 雨

冷克明

秋雨的脚步是从容的
行走时总披着风的斗篷
它见惯了世上的花开花落
内心淡定，无欲无求
即使途经满树的香甜果子
也不驻足，径直走向大地

秋雨是老去的水
是水的满脸皱纹
田野日渐干枯
它意欲让每条皱纹都变成河
注满万物的血管
它知道来日无多，力不从心
它要给人间涂上最后一抹亮色

粮食已经归仓
树叶正在变得金黄、鲜红
仿佛春光重现
垂暮者返老还童
秋雨平静地躺进泥土
用满地落叶将自己覆盖

（选自《绿风》2023 年第 2 期）

体内有一棵树

邵　悦

一棵水样的树
在我体内撑起一片行走的天空
器官，骨骼，神经，和血液
暗含水样的智慧
生命的年轮，在红色的水中
一圈一圈粗壮起来

液体的树，昼夜不停流淌
树的高度始终不会上升
我不再恪守水平的真理
人体里的道路，原本就四通八达
流动，才是世间永恒的真理

太初有道。体内的树
根扎在心里，再大的风
也摇落不了枝叶里的红色
生命的红
分两支循环，一脉相传

（选自《延河》2023 年第 2 期）

早起的村庄

林目清

屋门一打开
公鸡追着鸭子跑
鸭子急得展开翅膀下了水塘
公鸡拍打着翅膀，在水塘上引吭高歌
一时整个村庄，雄壮起来

男人从村庄里走出来
小孩从村庄里走出来
像田野里下出的棋子，有黑有白
分布有序
女人在家门口忽隐忽现
一下炊烟升起来
一个家的温暖漫上了天空

布谷鸟在叫，溪水在流
风一跑出来，叶子就鼓掌
青山绿野，音乐响起
云霞雾霭是最美的五线谱
太阳像升起的锚
村庄在转动的时间里起航

（选自《诗刊》2023 年第 5 期）

总有一些……

周苍林

总有一些鸟飞到亲人的窗口
在亲人的耳边歌唱、呼唤
总有一些花开在亲人的眼里
在亲人的身边环绕、花香弥漫
总有一些阳光洒在亲人的身上
在亲人的内心温暖、灿烂
总有一些雨落在亲人的头顶
在亲人的脸上湿润或哭泣
总有一些梦出现在亲人的睡眠
在亲人的记忆里、怀念里
就像一个未知的世界
总有一些生命还在鸟一样，花一样
阳光一样，雨水一样，梦一样
把尘世的亲人牵挂和热爱

（选自《草堂》2023 年第 11 期）

白鹭飞来

马万里

像一道闪电
又像一句
忽然而至的告白
白鹭
在马坊泉上空飞
这高于尘世的云朵
刷新我们的仰望
一只白鹭等同于
晚霞 蜜糖和铺展开的稻田
等同于河流 村落
和越走越远的乡愁
一群白鹭让村庄亮了一下
又亮了一下
自此村庄换了容颜

（选自《星星》2023 年第 7 期）

巴音杭盖

马端刚

秋草黄了
蝉鸣一日比一日哀伤
你突然看见一群羊
云朵般掠过巴音杭盖
天上一个太阳
淖尔一轮弯月

牛羊慢下来
指尖的流水慢下来
多么美妙
稻谷生香，眼眸清澈
你的身旁住满风声
露珠上的神明一路向北

失声喊出的热爱
顺着风
抚摸黄昏里的一块块岩石
悲伤，蝴蝶般的栖息
乌云从山麓升起
悄悄地退出了祈祷

谁缩短了行程
谁延长了夜晚
谁让流星整夜无眠

将格桑花的叹息放入毡帐
将伤痛诵读成情深意长
鸟鸣打开夜

大雨将孤独，寂寞
连同你眉间的心经都清洗一次
那天你走后
阴山更广阔，辽远
散落的六字真言
成为达尔罕草原的标记

（选自《万松浦》2023 年第 6 期）

天　井

黄　斌

我家的天井 真是个奇特的所在
天井前是铺子和货仓 天井后
是堂屋 卧室 厨房和菜园
每逢下雨 雨丝 雨滴 或雨瀑
从四面汇入天井 它有水槽
雨再大 也灌不满它
它的底部和四壁 铺的是青砖
面上 是四条大青石
方正 木讷 沉默
因为它 把一块天空
引到家里 获取了更多的光亮
时间久了 它已长出不少青苔
和几根水草 它也是我的游戏之池
放入小鱼 小螃蟹 和纸船
还可用竹筒往墙上泼水
因为它 我在家里也像在野外
有时它还会以几片月色馈我
像两三条金鱼 游动在小镇漆黑的夜晚中

（选自《诗刊》2023 年第 18 期）

名字

魏天无

突然想起中风后的父亲
深夜呼喊我的名字
天无。天无。天无
我疲惫地在客厅的折叠床上起身
来到他的卧室，轻轻摇醒他
他看着我，如此迷惑，不知道喊过我
不知道为什么喊我
我也不知道这么快他就要离去
很久以前问过父亲我名字的含义
没有什么含义，他说，就是个名字
现在，他越来越频繁地在迷蒙中呼喊
这个没有含义的名字。只是
一个名字，站在他面前
渐渐适应了黑暗

（选自《长江文艺》2023年第8期）

阳光里的柿子

李易农

秋天又一次来临。我回到故乡
在一些熟识的草木旁坐定
远处，有孩童，像我当年那样奔跑
有些云朵，也仿照着往事
依偎在山顶

阳光把柿子呼喊
我听到有一串串的声音在应答
身边的草丛，叶子落下来的时候
覆盖着的旧事物，气息微甜

柿子是一棵树的相思豆
可以解三生愁，可以融一世甜

（选自《散文诗》2023 年第 2 期）

奥 秘

髯 子

每年、每月、每日、每一时刻、甚至每一秒
有人出生，有人离世

时间，是一个透明、巨大、深邃、神秘
而且盖着铁盖子的玻璃瓶子

每个人，进去、出去只有一次——
用进来的方法，出不去
用出去的方法，也进不来

比如我的父亲，用出去方法出去了
用进来的方法，怎么也进不来了

（选自 2023 年 10 月 27 日《中国诗人》微刊）

写给母亲

张光杰

那时候，您穿一件碎花蓝布大襟袄
腆着大肚子
显得臃肿、笨拙，甚至还有些丑陋
您在田野上
拣拾一颗颗遗落的大豆
总是先用手捂着肚子
然后，再把身子斜下去
后来，在一面镜子前
我看到被玻璃抱着的自己，已有些苍老
我想象不出那时在母亲身体里的样子
有一次，我在打碎的镜子里
找到了无数的我
它们闪烁着
就像母亲当年布襟上的碎花
母亲啊，当时您不停地用手抚摸着
就像在抚摸着一个个变小的我
就像那一个个我
也被您抱着

（选自《星星·诗歌原创》2023 年第 2 期）

写诗的父亲

张 智

母亲在去世前的
某一天，突然对我说：
“你爸爸年轻的时候，也写过诗！”

这不啻一声惊雷
滚过我的心：父亲也写过诗？
尚在惊愕之中，却见
八十五岁老母亲的脸上
突然掠过一抹羞涩……

我不由怯怯地问：
“老爸写的啥？诗稿还在不？”
母亲没有正面回答：
“六十年啦，你爸爸也走了二十年啦。”

我猜，那一定是父亲
年轻时写给母亲的情诗吧
尽管父亲仅有小学文化程度
但他后来通过自修
中文和数学，都做到了应用自如
字也写得很潇洒（我至今还保存着
他写给我的一封文采斐然的信
当年我十八岁，遭遇了人生难题
远方的父亲，提笔写信给予宽慰、解惑）

事实上，写作之初
我主要创作小说和歌词
也不知道，后来为何改写诗了
难道冥冥之中有一股神秘的力量
牵引着我，迈向诗神？！

（选自 2023 年 9 月 26 日《今日新泰》报副刊版）

四月的麦地

王双华

四月的麦地，丰美柔嫩
墨绿的毛毯
阳光倾情亲吻
失陷的麦苗，波浪起伏

我看到麦苗的缠绵
我有清明淫雨的忧伤
许多年前，金色的黄昏
这片大地裸露着
外婆在前，刨开一个个坑窝
我在后头撒三四粒玉米
再填上土，踩平

我总爱多踩几下
怕它们躺在里面不安分
可是它们还是都溜出来了
四月的麦地，种过多少茬
麦子，多少茬玉米
最后外婆也种在这里了

麦苗和玉米，把她一次次掩藏
她不再为阳光而悲喜
她永远地沉默
如孕育一茬又一茬万物的土地

（选自 2023 年 4 月 2 日《工人日报》）

清冷的村庄

徐　学

孩子陌生的面孔
把我这个孤傲之人推远
在老屋附近，麦场里
一个麦垛和倒扣的两个背篓
显得有点孤单

黄昏，村庄升起的炊烟
越来越少，就那么五六家

这异常清冷的村庄
还叫不叫故乡，那蹲在墙角下
晒太阳的长辈和晚辈
还是不是亲人

心里这么想，眼睛落泪了
一个人看太阳落山，在村口
我来时的冲动和路上的
激动，像浮尘一样被风吹走了

（选自《绿风诗刊》2023 年第 5 期）

您是世间最好的风景

写给父亲

柳　歌

多年了，从没有写到过父亲
是自己长成了父亲
还是把最熟悉的人，忽略成了陌生
或者，依然保持叛逆
从不愿与您好好地谈心
或许，这都不是理由
多年来，我时常感到诧异
我怎么越来越像您了
写您的时候，仿佛在对着镜子写生
画着画着，就把您的身影错画成了我自己

一直没有写您，是我不敢面对一座大山
甚至不愿与您显得过于亲昵
而呼啸与奔腾都藏于血液，隐于骨骼之中
多年来，我一直身在山中
对于您的高度与重量，习惯了熟视无睹
难以窥出一座大山的全貌
父爱过于庄严，而且格外沉重
我不能轻易地搬来搬去
只得把您举过头顶，不敢稍有轻浮或移动半分

多年前的一场大雨
从您和我的身边，带走了母亲

您的日子从此不再有四季，只剩下严冬
大雪经年不化，总是压在您的头顶
让一些事物越积越厚，分量越来越重
失去了母亲的河流，您成了我最后的一座山岭
虽然山体已不再险峻，甚至开始出现些微的松动
但我宁愿您，一直立于我的身后
只要是在我视线之内，无论您是站着或是坐着
即使被人搀着，也是世间最好的风景

今天写您时，空气里有了异样的气氛
一些词毕恭毕敬，朝着“父亲”二字弯下身来
沙砾开始聚集，渐渐有了巍峨的样子
河流缓缓转向，做出了环抱的姿势
内心的积雪悄悄溶解，溪水潺潺流动起来
就连天上的云朵，也在朝着源头的方向飞去
我不是其中一朵，只能在地上，慢慢地走近你
却不敢拥抱你，我害怕自己心里的火热
让那不再坚实与伟岸的山体，再一次颤动起来
母亲走后，世界坍塌了一半
我再也经不起一场新的雪崩

（选自《京九文学》2023 年第 4 期）

乡关何处

吴少东

我在南北一号高架上疾驰
湖水在路的尽头上涨
我已忘记许多，也记起
许多，速度让我精力张紧
废弃的航空港，衰草连天
阳光从右侧射入车窗
才忆起左侧曾是我故乡
父母的墓地已迁往别处
此地与我再无关联
儿时的同伴各奔西东
像惊起的麻雀，不见影踪
想到这些，鼻子还是一酸
这土地已与我无关
这些年在城市，涉水翻山
孤寂时，酒干处灯火阑珊
我已是没有故乡的人了啊
这土地与我何干
我这是要去往何方啊
我已失去了你与港湾

（选自《北京文学》2023 年第 4 期）

嗓 音

肖雪涛

踏上故土
布谷鸟迎上前：咕、咕、咕
我想对布谷鸟问声：你好
我的嗓音，已失去儿时的童真
布谷鸟的嗓音
一如我离家那年的乡音

那年。母亲送我走出村口
我回过头
母亲还在向我挥手
呼唤我的嗓音充满沧桑
布谷鸟从远处赶来
亮出它清脆浑厚的歌喉

母亲带着苍老的嗓音
去了远方
如今，我带着苍老的嗓音
回到了老屋
只有布谷鸟，年年
亮着一副我儿时的嗓音，留守着故乡

（选自《星星·诗歌原创》2023年第10期）

遗失之诗

米　戛

田坝，不置一词。白胸翡翠鸟
渐渐融入，霞光涂抹的芦苇丛
而一边的我，透过手机镜头
总被嬉戏的小土鸭吸引，美妙得
恰到好处。仅一小会儿

观景台，把观光者变成许多个
惊叹号，在蓝色彩钢瓦下
重构梯田与人的关系
让我紧张，无法预测它们
游向哪儿，在哪儿，一一蹦上堤坝

为缓解紧张，站在出生地
温习母语。恪守，或者妥协
某种生活方式——这是必要的
就像刚才，你还把几根柴禾留在某处
这也是必要的，火塘之火

（选自《红河文学》2023 年夏卷）

灵池之水

陈波来

石头朝天抬高一寸，水就晃荡一声
纯净的，发自内心的
石头把水带到高出萧萧草木的地方
石头有多高，水就有多高
石头踞守着一些嶙峋而孤傲的高度
暗中却抱紧了水，从山脚到山顶
柔情至深如许，秘如看不见的裂隙
直到水从石头上冲天一发，万花溅开
人间再荒芜，也有一场磅礴的泪水
等你，替你哭尽喑哑的一生

（选自《星星》2023年第5期）

一堆杂草

凡　羊

去年秋天堆在地边
如今还在这里
草堆边斜靠了一棵小树
栋梁之念早已枯竭

一堆杂草
是一个有故事的城堡
蚯蚓在里面翻土，睡觉
时间忙着阅读、思考、写作
车前子、茼蒿、苦麻菜、婆婆纳
这些卜算子，如梦令，鹧鸪天……
应运而生。一只蟋蟀
是一个喜欢诗词歌赋的孩子
夜夜声情并茂的吟唱

（选自《星星》2023 年第 12 期）

水乡在心中只有一座

袁雪蕾

采红菱、接财神
打田财、阿婆茶……
在时光里穿越，同样穿越的
还有木栅花窗、黑瓦青苔
——光阴每一秒都变换风景
水乡在心中只有一座

红灯笼还在、摇橹船还在
悬浮的水草还在
那个开酒坊的
笑靥里盛着糯米香的姑娘
已鬓染银发

好几回，我循着前世的桨声
穿过今生的钥匙桥
在这幅 0.47 平方公里的流动画卷上
与明月干杯，微醺后
独自坐在斑斓灯火
编织的星空下，想念一个背影

（选自诗集《醉恋双桥》，团结出版社 2023 年 6 月）

我的家

季　羽

我的家跟着妈妈
妈妈去哪儿
我的家就在哪儿
妈妈的家跟着爸爸
爸爸去哪儿
妈妈的家就在哪儿
爸爸的家
在爷爷奶奶的心里呀

当初是从冷清到热闹
现在是从热闹变冷清
伴着不断的告别
故家没了
再也追寻不到了
只在梦里温暖着自己

（选自诗集《偶尔一片树叶落下》，世界知识出版社2023年4月）

我想回到多年以前

阿　华

我想回到多年以前，房子由泥土建造
邻居与邻居亲如家人
秋天存储白菜，冬天大雪封门

我想回到多年以前，岁月仁慈
瓦旧霜新
喜鹊负责引路，暮色把人们带到码头

我想回到多年以前，月亮半弯
等在旷野
影子吻过墙体，又长出茂盛的心事

我们雾中歇马，是两个彼此问路的人

（选自《延安文学》2023 年第 5 期）

妻　子

常保平

在家里。每天
洗衣、拖地、做饭、料理家务
这些繁琐劳动
不叫工作。作为妻子，没有报酬

日子不可荒废
从地里采回的一筐白菜、萝卜，围拢丈夫、儿女
他们像一群小兽
喜欢可口的饭菜和干净的圈舍

即便勤劳的蜜蜂，在冬天，也歇在蜂巢里
妻子不这样
她还要赶着山水，一遍一遍搓洗日子
渺小的站位
找不到嘉奖的理由

雨水被荒漠稀释
光阴像脱下过时的衣服折叠起来
褶皱里藏玉

（选自《诗刊》2023年第10期）

手持莲藕的人

崔荣德

手持莲藕的人，站在小城之外
一条来自云贵高原的雄性河流
省略无数的碰撞和抒情
那年九月来到莲池
满眼的荷叶遮盖了
深秋的早晨

坐在出租车上，要说的话
是一株温情的荷，阳光下
一闪一闪，艳丽纯朴

出租车已从遥远驶出高楼
那人手持莲藕仰望蓝天
目光悲切，正在寻找
另一朵丢失的
前世的莲

那年九月，手持莲藕的人
躲在宽大的荷叶下，除了写诗
所有的时间，都在为一朵荷花
默默祈祷

（选自《星星·诗歌原创》2023 年 7 月号）

没有一种力量可以驱动

王　琪

秋深了
茅草堆上卷起的一团残云
向故乡河边涌来
那些布满伤痕的日子模糊难辨
鸟鸣消失在丛林
一棵鹅掌楸，不分晨昏
卸下妆扮，与我轻轻握手、言别

隐忍着孤苦的乌鸦
站在一块石头上，一动不动
它回到自身，并遮蔽了自身的幽暗
让双翅扑打着泥尘
疏影里失去的亲人面目斑驳
一年一年守望中
胸口就被无形吹开，成为不可名状的痛

请为那些沉落的事物祈福
愿它此生完整、圆满
而上升的，即使接近天庭
亦要跌入凡间
令我无时不看到，秋天破碎时的细微和
渺茫

（选自《诗龙门》2023年春夏卷）

一条河的记忆

姚凤霞

童年记忆里
传来母亲唤儿归的声音
淡蓝的薄烟
从运河岸低矮的土坯房缓缓升起
村口坡岗上，几只安寂的木船
等在柴草香里

背着小竹篮的我们
蹦跳在乡野小径的光柱里
轻摇一束路边薅起的狗尾草
留一路暮归的哼唱在风中

岁月流转，落雪无痕
总也忘不了炊烟升起的光景
我走不出故乡的一草一木
母亲河的波浪，永远在心里流淌

（选自《诗选刊》2023 年第 3 期）

像河流一样

杨建虎

故乡，夜晚。我沉溺于少有的宁静和深幽
思绪，像河水一样缓流
夜晚的微风有良知
压低了白天的燥热和纷乱
我只有静静感受
人与天地的神秘关联
从源头奔波，像河流一样
我的体内也曾裹挟过泥沙和石块
一路穿越，经高原、山谷、荒野
依然执着、决绝，但也漏洞百出
像河流一样，我愿成为大地上流动的礼物
用轻轻的波浪拍打河床和堤岸
也有靠岸之心，一如酒歌和谣曲
总有停歇的时候，以抚慰细微的美和真实
在故乡，需要这样的夜晚
安慰一颗沧桑潦草的心
亲爱的河流，需要点点灯光
照亮两岸的树木和花草

（选自《诗刊》2023 年第 22 期）

黄昏谣

董晓平

唯杂草独自偷欢。
众鸟飞离四野，蛙鼓压迫神经。
去往云外的路。
“如果静默，请保持静默。”
黄花在枝头授粉，
浆果在篱笆挂念。
风声鹤唳。
备斗笠、蓑衣、雄黄、煤灯。
往后，是萤火虫试图划破的
大幕。
她曾封缄、开启，滑落在
天台。
咖啡色胎记，
于低处集结，
于无声处脱离。

（选自《绿风》2023 年第 1 期）

老房子

孙大顺

炉火早已熄灭，一声轻叹
划破时间的流水
几节燃而未尽的木炭
像早年生涩的话题，落在那儿
借助尘埃和光线，在移动的
阴影里，把钝拙的沉默
织进记忆的布匹

夜凉如水，等候中的桌椅
把自己放平。习惯了
没有承重的生活，不会惊扰
省下的烛光与黑夜

一座旧房子曾被
反复出新，反复启示
它闪耀着犹豫之光
变成遮蔽季节的大幕
把一切丢在过去，拒绝作出改变

（选自《安徽文学》2023 年第 3 期）

方　言

严志明

喜欢这些温暖底色的话语
听起来，有些微醉
有时会深深沉浸
比激动的眼泪还要闪烁

撒下话的地方，会长出思念
他乡花园里，鸟儿和星星
渴望记忆和梦回到乡土
鸟鸣取走月色，流下了破碎的影子

你和我，都有乡味浓重的痕迹
梦里鼾声掠过明月夜空，比苍茫轻

经过翻晒的土话
存放在自制的乡愁里
徘徊于人世间，根系在故里

（选自 2023 年 11 月 24 日《四川日报》）

自留地

语　泉

遗留的土地上，母亲将心愿种在里面
冒出惊蛰，芒种，白露，大雪
母亲头发白了，自留地上的二十四节气
生长旺盛。年年从地里走进灶屋
把炊烟煮得更旺的蔬菜和瓜果
趴在母亲心窗，看云识天气

母亲给每块地取下乳名：凤凰坡，小方舟
月亮湾，牛尾巴，大肚子……它们
受到日月星辰的喂养，风霜雪雨的沐浴
庄稼医生望闻问切……
纷纷跨过季节的门槛，自由地写下
绿色的颂词和沉甸甸的句子

母亲熟悉地里每株禾苗，禾苗也熟悉她她
目睹四季豆、黄瓜、峨眉豆劳作的艰辛
发芽，蔓藤，开花，结果——
仿佛就是自己勤劳的一生
当她弯下腰，向土地鞠下深情的一躬
绿叶红果径直地扑向她怀里

（选自《文学欣赏》2023 年第 1 期）

我把芦花当作孙庄的村花

孙殿英

孙庄三面环绕的河道里
孙庄村中的池塘里
无论有水，还是没有水
芦苇都会遵循着季节
萌出它的笋芽儿，刺出它的尖叶
而后，慢慢高
慢慢连成蔚然的绿
芦苇的绿，契合了孙庄的宁静
它针一样的叶尖
不影响天空低下来，亲吻孙庄
亲吻孙庄内外的芦苇
环拥着孙庄，芦苇深情地绿
充实着孙庄，芦花朴素地开
芦苇透出的纯净
映衬着平原深处孙庄内敛的核
雨落，孙庄清新
更清新的是袅袅炊烟，鸡鸣犬吠
风高，芦花低伏
伏在更低处的，是芦花掩映的孙庄
孙庄空灵，平原苍茫

（选自《昌平文艺》2023 年第 4 期）

望一眼郊外的荒草

王硫生

低伏于泥土
除了牛羊垂首，有幸养育起
一季青涩的岁月
却或许一生都不为人知

望着它们
如望不尽的苍茫人间
我想起那些亲切的身影，他们
已经数年未曾归来
面容清晰，却又时而模糊如谜

听着头顶上的风声
我身体里的荒草，也开始摇动
闪烁着灵魂的水光
孕育着野火

（选自《牡丹》2023 年第 6 期）

雪中小唱

马　克

村边，柳树林
飘飘洒洒的雪花
轻轻落在我的脸上
一群乡下孩子的乐趣
正和这漫天的雪花一起
轻轻飞扬

身后传来谁的声音
在把我们儿时的童谣哼唱
随之，又有一阵阵童声响起
伴随着飞舞的雪花
在旷野里飘荡

我静静地聆听，慢慢地回想
一颗心，仿佛又回到儿时的村庄

回首张望
一户户整齐的农家院落
代替了从前简陋的土坯草房
而与以往相同的是
仍然有袅袅炊烟
在一样的黄昏
在村庄的上空缭绕，徜徉

（选自诗集《风吹麦浪》，民族出版社 2023 年 9 月）

空　窑

李晓光

全家人进城了
几孔窑洞
哪里也不去
就在原地空着

母亲把许多伤心事
扎捆结堆
有序存放其中
三天两头从城里往农村
走上一程

一些辛酸事
放着放着
就发霉了
母亲还舍不得扔

几次背过母亲回乡
那些陈年旧事——
长成了院里的草
两只空窑
像两只浊眼

（选自《延河》2023 年第 1 期诗歌专号）

母亲或门神

黄官品

母亲在儿体内，始终推动一爿天空的石磨
面粉一样的寒冬腊月，纷纷飘落
一场深深浅浅雪白的日子，填满的沟沟壑壑
埋了多少爆竹的喊叫和大红的春联
一纸童年枣色的梦，压在一块麦芽糖的脸上

饥饿的大北风翻山越岭，一遍遍掀开衣襟的月亮
至今还走在村口，那轰隆隆满天的推磨声
碾碎一个人祭母的仪式，在大年三十的供桌上
不见了的屋檐下，藏着白花花的故乡

天地间逝去的那些风云，冬去春来的梦
随一场场飘落的大雪，回到天空
麦面糊糊似的，黏上一道道旧的新的门神
从未张贴出来，在人间的大门上

（选自《诗选刊》2023 年第 9 期）

第六辑

朗诵中国

这片土地笼罩着一片红

峭　岩

怎么也走不出这样的氛围
有马蹄、火光和呐喊的交响
那敲击和飞翔的进击
穿越和洞穿所有的铁
抵达鄱阳湖的伟岸

我愿意启封这里的历史
像父辈的、土地的履历一样
那些生活的苦难追逐无边的黑暗
终于被一缕光芒浸染
天亮时，赣水美了家园

这里最理解红色绽放的伤痛
我抚摸山石和流水
采集五月的花叶和青草
我沉浸在往事里，上升与下沉
被一缕红托举着
赣江红透了，红里透着轻轻的暖

（选自《诗选刊》2023 年 8 月号）

走过才溪乡

高洪波

是财溪还是才溪
都不重要。
重要的是一个认真的人
一家一户地走访，
一夜一夜地调研，
从合作社五角钱的股票
到红军家属的絮叨，
柴米油盐价格表，
综合成一份调查报告。

九十年前的才溪乡，
因这份报告而出名。
七十年前的才溪乡，
挣得了一座“光荣亭”。
三千子弟当红军啊，
该是一份多大的光荣！

重走长征路，造访才溪乡。
从一盏昏暗的马灯，
一张陈旧的木桌，
我读懂了中国革命，
更读懂了人民领袖毛泽东
那深邃的心灵……

注：《才溪乡调查》为毛主席早年著作。

（选自 2023 年 6 月 13 日“北京西山诗社”公众号）

中国制造

小　海

我们制造了收音机　汽车 电脑显示屏 苹果7
我们制造了耐克 彪马 英格兰运动服 阿迪达斯
我们焊机板 插电阻 打螺丝 安装马达保护器
我们做袖口 装拉链 上领子 把羽绒服里外都对齐

我们和机器做朋友　与产品谈恋爱
分分合合　合合分分的那些年
仰仗青春好时光
谁也没有离开谁

可产品永远都年轻
我们容颜已老
流水线不但制造了产品
也制造了我们一成不变的青年生活

机器越来越热
我们的心却愈来愈冷
猛回头
一批又一批的少男少女们啊
也成了独特的中国制造

（选自《北京文学》2023年第7期）

为祖国站岗

康　桥

夜幕降临的大地
黑暗隐藏了一切
紧握刚枪　我的心中
只有祖国
一阵风吹来
撞响我金属的胸腔

抬头寻找一颗明亮的星
希腊与罗马神话中
爱与美的化身
维纳斯女神
阿弗罗狄忒
你是今晚上升的精灵

寒冷的夜晚站岗
我就是你的儿子
小爱神丘比特
我的背上不是自由的翅膀
是照亮世界的火炬
是温暖世界的祥云

为祖国站岗
我的钢枪时刻醒着
此时　祖国在安睡之中

母亲在安睡之中

人民在安睡中

我站立成风雪中的青松

（选自 2023 年 1 月 21 日“军旅诗界”公众号）

秋叶拾韵

张永权

秋天的成熟，或火红，或金黄
美丽的诗韵在乌蒙山野流淌

乌蒙山的深秋
是热血染红的吗
我摘下一片枫叶
听见扎西的鸡鸣
一片朝霞，映红了三省

摘一片枫叶寄你
燃起思念的日夜
走过风雨泥泞
去把明媚的春光迎接

（选自 2023 年 11 月 16 日《昭通日报》）

除夕遗忘的雪花

海　田

大雪淹没了
岳飞《满江红》踏破的
足迹 呼吸开始结冰
你和你的伙伴
一群新时代的拓荒人
用棉衣裹着大衣
大衣再裹着的棉衣
将满腔赤诚烤化
漫天飞雪

实验在冰雪里操控
又在滚烫的胸膛上点兵
创新一件大事 是由一件件
数不清的鲜为人知的
一次又一次付出 积聚而成

风雪压不住你们的车辙
大漠看不清你们的脸庞
惟有一颗颗砂砾 一枝枝红柳
在倾听　在铭记　在仰望
为大国长剑只争朝夕一心向胜的人

当被除夕遗忘的雪花纷飞在你们面前
奔波的步履才想起忙碌跨进的佳节

那实验成功的捷报，是你们
向祖国亲人献上的至真至诚的祝福

那一片片向你们飞舞的
被除夕遗忘的雪花，也是天与地
为你们颁发的一张张奖状

（选自 2023 年 2 月 11 日“军旅诗界”公众号）

英雄连队

李建华

他说一个连有八百多战士
开始我不信
后来，我信了
谁也不知道要打多久
有牺牲，就要补充
新入伍的战士名字
填写在花名册的长形方格里
就像墓碑的初始形状
补充再补充，累计
就达到八百多战士
敌人的一个师，也不是对手
不是因为，这个连人多
而是这个连，英雄多
在火红的战旗下
以一当十，向死而生
共和国的天空上
有他们血染的云彩

（选自 2023 年 12 月 12 日《解放军报》长征副刊）

你有好几个名字

刘功业

娘、母亲、故乡
你有好几个名字
让我用一条河流记住
爱，就是生命里流淌的情感

桑干河、永定河、海河
你有好几个名字
让我用一片土地记住
养育，是比海还要深的爱恋

秋雨、大雪，盛夏和春天
你有好几个季节
让我用生长和成熟记住
馈赠，是赤子之心滚烫的语言

黄土、草原，太行、燕山
你有好多条奔跑的路径
让我用血脉中的疼痛和温暖记住
远方的海，是执着不屈的信念

（选自 2023 年 10 月 12 日《天津日报》文艺周刊）

柿子高挂的村庄

祝相宽

一树树的红柿子
灯笼一样的红柿子
挂满每一条街巷

随便走进一条街
都像赶赴一场盛大的喜宴
必须经过张灯结彩的长廊

我不是来赴宴的
我只想细细地品味一枚柿子
用阳光雨露酿制的蜜糖

我要写一首诗
把柿子树比作秋天的祖国
一枚柿子就是一个村庄

我和一树柿子合影
捧在胸口的红柿子，这一刻
多像我幸福的心房

（选自《绿风》2023 年第 2 期）

怀念一个人，遥忆一条江

宗德宏

水汤汤，情汤汤；龙舟竞渡，劈波斩浪
千百年来，这里成了
悼念屈子的地方

怀念一个人，遥忆一条江
我知道，水，在奔腾不息地流淌
也记得所求渺茫犹未悔
谁抚我伤？万般无奈，痛之极，怨和怒！
皆因救国无望和忠奸不分的楚怀王
一腔热血抱石沉，遗恨在心上
挂艾草、吃粽子、放纸鸢……
五月初五为端阳
我们的目光，一起投向了汨罗江

长风无力，大雁飞
几多感慨，激荡着一片汪洋
饱经沧桑的三闾大夫
赤诚何寄
发《天问》，诉衷肠
流放路上写悲怆
生而不平凡，死亦大气节
路漫漫，路漫漫；峰峦重叠，山川莽苍
每年此时，泪从天降

魂魄之外，浸透了不朽的离骚、九章
孤独的爱国情怀很深
终究千古流芳

（选自 2023 年 6 月 23 日《解放军报》长征副刊）

卢沟桥

马淑琴

浑浊溢满古时的芦沟
黑色漩涡包裹湍急的水流
河边古渡荒莽，托起百姓和兵家之路

金中都大军南下的铁骑
昂首通过一座软软的浮桥
河水涨潮的金国盛世
足以为一座北方最长的石桥奠基
设计者和施工方的名字已随河水流逝
却留下一轮明月照芦沟
穿越时空的优雅圣景，留下了
金大定二十九年的铿锵年号和金章宗“芦沟晓月”
以及“燕京八景之一”的不朽命名

一群谜一样的狮子
占满两侧石栏 281 根望柱
占尽石桥一世的风光
把桥下波浪和桥上烽烟细细端详了八百年
一幅绢质图上的西山苍莽
汤汤河水闪烁丝质的光
“芦沟运筏图”的绿树掩映着楼阁庙宇
写尽芦沟两岸万千气象
十一孔石桥立于景色中心，为一条河领衔
桥上轿车里坐着达官贵人

护卫抖出一座桥的威风
满载木材的船筏，顺河而下，百舸争流
漂成芦沟运筏的胜景
用西山山林的毁灭与瘦身
砌筑元大都的城堡与宫殿，也筑成一条河的灾难

船形隐于桥墩之下，分水尖迎水而砌
有如船头，抗击永无休止的风雨
清朝的一场洪水，将明的重修毁于浊浪
康熙帝把 1698 年的又一次重修
郑重地记在桥西头的石碑上
也许沾了一座桥的光，朝廷大规模
砌筑河堤，整修河道
并隆重为河赐名“永定”
构筑一条河“永世安澜”的梦想
乾隆皇帝又亲题“卢沟晓月碑”
与康熙帝的重修碑遥遥相对，各占东西
两位皇帝，把一座石桥提升为“顶层设计”
1937 年 7 月 7 日的那声枪响
使一座桥站立起来，成为全民族抗战的丰碑
用一个民族的血肉，赋予一座桥
无比悲壮而又神圣的意义

（选自《中国诗界》2023 年夏季卷，有删节）

中国人的足迹

宁　明

无论在月球背面还是南极
以及火星，将来还有木星、金星
你都将会发现，这里曾留下过
中国人踩下的醒目脚印

这些来自东方的龙的传人
和西方人走路的姿态有所不同
很难想象，仅用三十年时间
当年那些穿着尖口布鞋的探索者
在大西北荒漠上留下的足迹
已羽化成太空里中国人的第一行书写

如果，走进中国航天博物馆
面向酒泉、西昌、太原、文昌
以及新建成的中国东方航天港
大喊一声："全体集合！"
长征号老幼四代火箭
无论服役，还是退役
都会齐刷刷地列队站成一排
以军人立正的挺拔身姿
光荣地接受中国人民的检阅

（选自《诗选刊》2023 年第 10 期）

桂海碑林断想

郭晓勇

从千百年历史的刀痕中
依稀可见先人的影子
那一笔一画的线条
勾勒出岁月跋涉的足迹
或游历名山大川
或记录富贵布衣
从斑驳的伤痕中
似窥见当年的腥风与血雨

没有骚人墨客激情澎湃
哪来流芳百世神来之笔
没有黎民百姓世代呵护
哪来碑林石刻傲然矗立
酸甜苦辣绵绵密密
春夏秋冬风风雨雨

面对眼前这岩壁瑰宝
我禁不住突发奇想
试问，倘若是光盘或多媒体
一千年后是什么样子

站在前人和后人之间
何必杞人忧天
新的时代需要新的碑林
在大地和我们的心里竖起

（选自 2023 年 11 月 11 日《桂林日报》）

万物生长

亚　楠

此时我所看见的肯定要远比我
想象的更加美好——
你看吧，大地上祥光
落满的山谷
万物皆在清幽与慈祥中
蓬勃生长
即便是那些弱小的生命也会
用一道道
看不见的目光填满整个
山谷
所以呀，我
走过的万水千山依旧澄澈
而明亮
依旧可以在意义之外
返回意义本身
或许那时我所看见的也只是
冰山一角
但我仍然深深地热爱这片土地
热爱土地上那些
卑微却依旧内心晴朗，依旧
有情有义的人

（选自《诗歌月刊》2023 年第 4 期）

柯克亚油田之歌

马 行

昆仑山下的石油流哪儿去了？
以地质构造图为向导，流到柯克亚来了

塔里木盆地最偏远的油田在哪儿？
在塔里木西南的柯克亚，在雄鹰栖息的柯克亚

柯克亚的千里油气井像什么？
像昆仑山盛开的雪莲，像塔里木不倒的胡杨

柯克亚为何是中国最美油田？
推开窗户，十万手工风车是青春的交响
花果树是爱的信使

柯克亚，石油工人找啊找，找到了地下宝藏的钥匙
石油工人走呀走，走到了月亮之上

（选自《中国作家》2023年第12期）

黄河经过峡谷

牛庆国

是山走进了黄河
还是黄河走进了山
苍茫还在朝这边奔涌
时间还在往河里倾泻

一支旷世的毛笔
沿着峡谷写下闪电
巨大的水声
也是巨大的寂静

宽阔是水的宽阔
狭窄是水的狭窄
远看那么浑浊
捧起却如此清洌

石头的种子
在河滩上结满果实
九月的苔衣
做好了御寒的准备

白天的路长
夜里的路更长
打着灯笼的红枣树
给途经的浪花照亮

（选自《人民文学》2023 年第 1 期）

天坛雪

王　童

踏雪寻梅的宫女，肩披铠甲的阿哥，
交错在祈年殿旁，款行在雪窝间，
蹑足在雪色上，踱步至台阶端。

雪意中有心曲要唱，松枝间有鸟在啄食。
雪复活了传统，雪妆扮出了节庆。
你滑跌了，你在笑，
你捧起雪花洒向了空中。
堆起了雪人，织上了彩灯。

凝固的狮子，静卧的麒麟，
披着银色的斗篷临风而立。
屋檐旋转开素芳的彩绸，
亭台奔走出缤纷的腊梅，
水墨的树裳点缀着云花。

环舞的圜丘，陀螺样的穹宇，
向天诉说，向地倾泻，
人间祷告着上苍，飞雪传递着鹊音。
雪是节日的焰火，雪是喜庆的鼓点。

（选自 2023 年 12 月 15 日《工人日报》）

秋天的宴席

罗　巴

你是对的　朋友　天空真的还在
欢乐真会出现于相逢之际　许多人
走得决绝　许多人走得缠绵　但你还站在门前
曾经的离开　也许只在别人身上烙下鞭痕
你仍然完美　如同初春降生的婴孩

如同焰火　等到炸裂就能喷射光华
你的身体　是火山也是冰窟
你的言辞　是岩浆也是雪水
你是对的　朋友　我们是自己和对方的制衡者

请将秋色摆上桌面　将美好的物事全部
唤出心房　端到桌上　请别关上大门
还有大海和极地　白云和圆月
还有未来　还有各种主题不同的眼泪
至于你说的　过去的一切　如果它们
已经来到这里　朋友　请你将它倒进杯中
你是对的　它们已经封存很久
已经酿成出自明天的芬芳

（选自《诗潮》2023 年第 12 期）

运河芦苇

赵国培

你被泱泱河水滋养，
河水搂抱着你紧紧不放。
你是大运河里的庄稼，
清亮亮的水是你的土壤。

你在一春一夏一秋，
蓬蓬勃勃挺立亮相。
运河被你装扮成竹园，
芦花却又标榜为北方。

冬天的你转移了驻防，
暂时告别大运河家乡。
眨眼之间，大变模样：
编织一件件，暖席一张张……
入远近都市，进大街小巷，飞异国他乡

你和运河母亲一样，
怀揣着火热心肠。
展示着骄人的风采，
做着长久的文章！

（选自2023年3月3日《人民武警报》）

站成一棵树

刘克祥

季节的脚步，从一棵树开始
一棵树的高度，就是天空的高度
因为树，四季才有了不同的风景
让我们学会了攀爬和仰望
树的一生只在做一件事
树的哲学就是生长的哲学
把向上的理念毕生供奉
我们忙碌一生，像季节里行走的树
从发芽、绽放，到荒芜
时光的河流里，我们还来不及一声叹息
就会有一片叶子轻轻落下
像秋天里多情的羽毛
梳理着母亲黑夜里的白发
母亲是我一生的土地
是母亲的爱，支撑起我一生的依靠
像密不透风的墙，为我遮风挡雨
风吹落叶，吹进深深的骨缝
总有炸裂的声音再次归来
像青春的心跳拧上生命的发条
放逐在时代的洪流
改变我一生跋涉的方向
从此，不再孤单

（选自诗集《心游万仞》，大众音像出版社 2023 年 12 月）

铸　剑

陈海强

在昆仑山的怀抱中
行走在这里的人们
我要唤他们为兄弟
唤她们为姐妹

我要迎着风往前走
在蓝天和白云的目光里
拥抱天地的壮丽
如果可以选择
我要以诗歌为手段
取出群峰的气势
取出石头中的盐和铁

就在此地
以忠诚的名义
铸一把剑
守卫和平

（选自 2023 年 11 月 19 日《解放军报》）

在梨花诗歌节开幕式上

田　耘

请允许我的眼眶再次湿润
上一次朗诵会上
当听到《大运河放歌》
当朗诵者奔涌的激情，遭遇
大屏幕上诗歌原文的波澜壮阔
当祖国的血液
开始在大运河的血管里汩汩流淌
我的眼泪瞬间就跌落下来

“爷爷，梨花为什么开，
又为什么落”
梨花诗歌节开幕了
开场情景剧《梨花心语》中
小女孩稚嫩的声音
再一次击中了我
漫山遍野的梨花背景下，爷孙俩
依次穿梭于班婕妤、慧远大师
穿梭于续范亭、刘子干
穿过那五千年的花开花落
最后来到希望的田野上

烈日下我拉低帽檐
刻意掩饰着早已模糊的泪眼
掩饰着在一颗诗心的炙烤下随时

会火山喷发的情感
我承认，是诗歌
让我变得越来越脆弱了
也许，在面无表情的人群里
我应该引以为傲

（选自《延河》2023 年第 1 期）

伊犁河谷

吕政保

被南北天山折叠成一个喇叭口
大西洋的风远道而来
吹进喇叭口歇脚
就像远行的船舶泊进港湾
伊犁河谷因势利导大西洋的温润
在沙漠的棋盘上，布景江南的春夏秋冬

温湿的大西洋风
撞进南北天山的怀抱
与冰雪相拥融为水，润泽河谷
宛若润泽一块江南

汗血马闲卧草原
抑或在战场上奋蹄嘶鸣
都不负河谷的恩宠
万马奔腾的架势，俨然古战场的遗风
从历史深处戈壁大漠缥缈而至

江南之韵的伊犁稻谷
颗粒饱满地向世人展示饱满的日子
撑满眼界的油菜花，巧借微风
一季婀娜舞出伊犁河的灵韵

鸟瞰伊犁河谷

翠绿的地毯、金黄的绸缎
如白练的河流
在粗犷苍茫雪峰脚下
抚琴一曲婉约

（选自《中国作家·文学版》2023年第9期）

她

许　军

她有绵延的山川
有秘密的宝藏和富饶的年华
她的寂静辽阔无边
她的体格由瘦弱趋向健壮
一哭就落叶
一笑又开花

今夜
月明星稀，山高路远，我用一条偶现微澜的河流
想她
我爱她春天的长发及腰
更爱她秋天的山花满头

（选自《诗歌月刊》2023 年第 12 期）

巴音布鲁克草原

李　晖

草原风吹来了九曲十八弯
天鹅从湖面掠向蓝天
成群的鱼儿在水里游玩
群山拱抱，骏马奔驰在巴音布鲁克草原

牧民毡房炊烟缭绕
雪莲盛开在天山之巅
草原儿女高歌天山明月
月下的巴音布鲁克是我的梦幻

一片片花儿开在山野
流水与马车流淌在茫茫草原
姑娘手执马鞭，驰骋在蓝天下
银铃般笑声在鼠尾草香中越飘越远

山路盘旋而上，满眼油菜花田
黑头羊成群处彩旗招展
我舍不得离开这高原与雪域
逗留于山顶凉亭，欣赏着天际线

（选自诗集《心游万仞》，大众音像出版社 2023 年 12 月）

花生里的家国

李　皓

当秋风，将我由一些花朵变成
一颗颗籽粒饱满的果实，请允许我
只喊出两个水分饱满的名词：墨盘，中国！

中国是我胸怀坦荡的祖国
墨盘是我魂牵梦绕的老家
就像一颗具有两室的花生荚果
它们亲密无间地住在同一个果壳里
唇亡齿寒一般，相互依偎

我的土质疏松的老家
盛产质地优良的各种花生
在我童年的嘴角流出乳白的汤汁
让一群乡间的野孩子健康而茁壮
不管是双胞胎，还是三胞胎、四胞胎
它们一律撅着硬气十足的小嘴
骄傲地，把祖国和家园
结结实实地搂在怀里
宝藏一般，一奶同胞一般

我尤爱那秋日里刚出土的花生
它冲破了黑暗，像十月怀胎的婴孩
湿漉漉的，粉嘟嘟的
像秋水折射之后的一束天光

这粉红的火种，将鲜血的品格注入粮食体内
成为永不枯竭的能量和资源
经过油坊工人的锻榨，乃至锤炼
那些粘稠的物质，让巨轮健步如飞

曾经，我贫瘠的故乡
因为漫山遍野的花生而走向富饶
我的乡亲们总是长命百岁多子多福
他们视花生为山乡的神灵

墨盘，这个飘着墨香的名字
可曾被我看作祖国的一粒花生
可曾被我视为一首朗诵诗的韵脚
或者一个恰如其分的汉字
我咀嚼着老家的果实，放眼阳光下的祖国
那些开过的花自有归宿
那些成熟的种子必然在下一个春天生根发芽

墨盘花生，只是中国农业微不足道的一笔
但它发出的光和热绝不亚于钢铁的情怀
一颗饱满的籽粒，就是一个活生生的生命

一粒花生呈现出的家国
它的嘴唇是红润的，鲜嫩如婴孩
它的果肉是雪白的，超越了自己
一年又一年，对黑暗的容忍
像一个隐忍的民族，从不曾回头
一颗花生于我而言
就是心心念念的老家的方向

而墨盘之于祖国，或许只是一粒
不起眼的花生，沉默寡言
但小小墨盘里一定盛着丰收的蜜汁

我用信念和赤诚，蘸着蜜汁
写出稗子与秕谷的羞愧
写出麦浪和稻穗的自信
写出十四亿个沸腾的中国梦
以及对镰刀和锤头的无限深情

（选自《诗刊》2023 年第 5 期）

月光迁徙

西　可

正对一条河
洒下淡淡的月光
月光下的迁徙
让人感觉到某种重量

曾经是草帘遮盖的漏雨的老屋
现在是坚固宽敞的高楼新房
屋子里的人都有镇定自若的表情
说明昏暗的日子已终结，生活如花绽放

万物皆有恻隐之心
人类寻求庇护，也播撒爱的光芒
大地上的一切
都在一个劲地自由自在地生长

（选自《合肥文艺》2023 年第 4 期）

河滩圆梦

刘朝东

水里的石头清澈可见
仰视的天空云开雾散

河滩，大小不一的石头
组成胜似艺术品的图案
接踵而至的空灵
从闲散的目光里溢出
漫过堤岸
等待比脚步轻盈的雨
把我们的梦想一步步实现

近处是漫步的人影，浮动的桥身
远处是轮廓清晰的耸立的大山
身边一切静好
而静好的一切，正随着河水向远方蔓延

（选自《诗词之友》2023 年第 2 期）

过琼州海峡

唐　驹

落在大海深深的眼瞳里
太阳像个火凤凰
我要起个誓言：
把心抵押在大海的怀中
我将登上大海眼瞳中的岛屿
目睹激流如电，年华似水
追随它的神色和步履
追随它日夜兼程

（选自《现代青年》2023 年第 9 期）

叩问天地

唐宝洪

我以头颅叩打粽子和艾草的气息
叩问苍天和大地

苍天啊　他为何独自站在高山之巅
裁剪云霓　装修摇摇欲坠的大厦
大地啊　他为何怀抱石头将自己交付给鱼腹
狭小的鱼腹腥味熏天
能否盛下他的伟岸与贞洁

众人皆醉。一个清醒的人踉踉跄跄
苍天，你有否粘贴他上下求索的身影
大地，你有否丈量他九死不悔的步履

苍天，请你保持公允
解读熔铸在《离骚》里的铮铮风骨
真实回答他在《天问》里的追问
招回他沉进江心的忠魂

大地，你若没有绝情
请将悲风排列成伤感的诗行
请将湘夫人湘君搬上旷世的舞台

沧浪之水沐浴过的美人
我愿做你陌生的隔世知己

（选自《岁月》2023 年第 5 期）

戴珍珠耳环的少女

冯　岩

从油画里走来。自己调色也调光
从正面旋转。侧影和亮光就有了层次感
釉质，在面部表情上，铺平
轮廓包涵色彩，纹理分明
内心与外面的世界一样阳光

人间的冷暖在眼底，苦难用冷色调
在幽深处成为背景。一束光射进目视的前方
内心的温暖呈现在脸上

珍珠耳环默默发出光
坠下定格的瞬间
一张少女娇羞的脸庞在油画里缄默
素颜，似笑容，与蒙娜丽莎一样

（选自《天津文学》2023 年第 6 期）

秋天的诗篇

易　玲

金风为草地换上花毯，
玉露让红枫燃到天边。
清霜在山野间施展色彩的魔法，
明月如水诉说游子的思念。

麦田涌起连天的金浪，
玉米高粱挺枪肩并肩。
飘香的瓜果招逗鸟雀飞舞流连，
葵花饱满托举硕大的圆盘。

金桂飘香一夜枕新凉，
蒹葭苍苍水湄立千年。
大雁衔着梧桐的信笺飞向南方，
虫吟清亮奏响澎湃的和弦。

一茎秋草黄，一叶相思生。
秋天是丰满收获，是斑斓梦幻，
是菊花插满头，是人月两团圆，
秋天是赋比兴的诗三百篇。

（选自 2023 年 9 月 26 日《营口日报》）

采石场的春天

董洪良

那个空空的采石场空置已久
在确定不再继续开采以后
便没有人前来采石了
也没有人来回填那些石屑和泥土
按照村里年初的乡村振兴规划
它将被蓄满水，铺上网箱
开始施行“废旧”利用并养殖龙虾
此刻，石场外土丘上的几棵桃树
一定提前知道了什么消息
拼命开着花朵，突兀地美着
与空旷的采石场形成了鲜明的对比
而躲藏在采石场缝隙里的岩蛙
呱呱直叫，仿佛它已经觉察到了此处
必将春水碧绿
天上必将繁星璀璨

（选自《延安文学》2023 年第 5 期）

太空会师

崔吉俊

战友，我热切期待着你，在九重九。
这里有“天宫”的舒适，
这里有巡天的成就。
空间站已组建完毕，
等你，新的航天员乘组大显身手。

战友，我深情仰望着你，在地球。
母亲的牵挂，故乡的问候，
早已装满待发的“神舟”；
祖国即将派我续航，
接替你，在空间站值守。

今天，我们终于手牵起手。
握住彼此，
分明握住浩瀚的宇宙，
天上人间汇成一股热流。
拥抱彼此，
分明拥住星河旋转，
拥住 180 个难忘的星夜白昼。

且把宇宙的奥秘，
悄悄珍藏在返程的行囊，
且把出舱操作的视频，编辑留给队友。
且把巡天日志写成诗行，

吟哦每一位航天员的倜傥风流；
蘸着星光书一幅大字，挂在
“天和”舱口，让每一个乘组望之
精神抖擞。

就在“太空之家”拍张合照吧，
记下两个乘组的同一段奋斗。
费俊龙，邓清明，张陆，
景海鹏，桂海潮，朱杨柱，
接续传递中国天梦，束紧戎装，
宇宙飞渡竞自由。

（选自《神剑》2023年第4期）